이것이 법이다

이것이 법이다 177

2024년 2월 22일 초판 1쇄 인쇄
2024년 2월 27일 초판 1쇄 발행

지은이 자카예프
발행인 김관영

기획 이기헌 왕소현 임동관 박경무 강민구 조익현
책임편집 최전경
마케팅지원 이원선

발행처 (주)로크미디어
출판등록 2003년 3월 24일
주소 서울시 마포구 마포대로 45 일진빌딩 6층
Tel (02)3273-5135 **Fax** (02)3273-5134
홈페이지 rokmedia.com **E-mail** rokmedia@empas.com

이것이 법이다

177

자카예프 장편소설

ROK
MEDIA

로크미디어

CONTENTS

영원한 아군은 없다

　빌 웨이든은 미국의 대통령으로서 전 세계에서 가장 강력한 권력을 가진 자라고 자부할 수 있다.

　하지만 가장 강력한 권력을 가지고 있다고 해서 모든 걸 마음대로 할 수 있는 것은 아니었다.

　"이게 뭔 말도 안 되는 소리입니까? 내가 미국 국민을 팔아먹는다니!"

　"각하, 지금은 어이없다고 웃어넘길 상황이 아닙니다. 아시겠지만 미국에서 의료는 생존의 문제입니다. 이를 무시하셨다가는 정말 큰일을 겪으실 겁니다."

　부하가 우려하는 것도 무리가 아니었다.

　매년 십수만 명이 총기로 죽어 나가는데도 미국이 총기를 규제하지 못하는 이유가 뭔가?

바로 헌법에 국민이 국가에 저항하기 위해서는 총기를 소유할 수 있어야 한다고 명시되어 있기 때문이다.

그만큼 저항권을 강하게 보장하는 미국 헌법의 특성상 국민들이 들고일어날 경우 정말로 일이 커진다.

설마 국민들이 총을 들고 백악관으로 쳐들어간다고 날뛰지는 않겠지만 최소한 강하게 항의할 테니, 그렇잖아도 재선을 노리는 빌 웨이든에게 이건 날벼락이나 다름없는 일이었다.

"끄응, 하지만 이건 이야기가 다르잖아요."

우크라이나를 돕기 위해 미국 국민을 팔아먹은 게 아니다.

한국 정부는 포탄과 군사 지원을 대가로 그 이상의 이권을 보장해 줄 것을 요구했다.

그리고 그 방법 중 하나가 바로 미국 내 의료비를 세 배 올리는 거였다.

세 배라고 하면 엄청 많아 보이지만 사실 그래 봤자 그간 받아 오던 다른 의료 기업들과 마찬가지인 수준이다.

그만큼 한국계 기업들이 그간 엄청나게 적게 받은 거다.

"문제는 그로 인해 의료계가 완전히 양분되었다는 겁니다."

"그렇지요."

원래 역사에서 의료계가 양분되는 일은 없었다. 하지만 이번에는 양분되었다.

부자들이 돈을 펑펑 써 가면서 편하게 치료받는 미국계 의료 기업, 그리고 힘들고 오래 걸리지만 치료는 받을 수 있는 한국계 의료 기업으로.

그리고 한국계 의료 기업들은 엄청난 규모로 성장했다.

당연하다.

한 달에 500만 원씩 의료보험비를 낼 수 있는 사람은 별로 없다.

기업 입장에서도, 많은 기업들이 입사 혜택으로 의료보험을 제공하는데, 한 달에 인당 300만 원 이상을 내야 하는 의료보험 회사보다는 월 100만 원이면 되는 회사와 거래하고 싶어 하는 게 당연하다.

그렇다 보니 현재 미국의 의료는 부자와 가난한 자의 양분된 시스템으로 굴러가고 있었다.

"그런데 가난한 자의 의료 시스템이 무너지면……."

아예 몰랐다면 저항도 없었을 거다.

하지만 이제는 다르다.

의료 혜택에 대해 잘 알고 있는 대다수 미국인들이 이번 일을 순순히 넘어갈까?

"더군다나 아프면 한국으로 의료 관광을 가는 사람이 엄청나게 많습니다."

"한국으로 의료 관광을 간다고? 그건 또 뭡니까?"

"일정 금액을 내고 한국으로 가서 진료받는 겁니다."

"그게 가능합니까?"

"가능합니다, 어느 정도 제한이 있긴 하지만. 그마저도 자리가 없어서 난리입니다."

"자리가 없어?"

"네."

아무리 한국이 싸다고 해도 외국인인 경우에는 엄청난 돈을 내야 하지만, 그걸 감안해도 미국보다는 싸다.

하지만 해외로 가기 위해 병자가 항공기를 쓰는 건 절대로 쉬운 일이 아니다.

"그래서 아예 전세기를 빌려서 운영 중입니다."

"전세기요?"

"네."

의료 장비가 구비된 전세기를 운영하여 한국에서 미국으로 환자를 이송하는데, 그 자리가 없어서 난리라는 것.

"끄응, 그걸 왜 몰랐던 겁니까?"

"숫자가 한 줌도 안 되다 보니까……."

애초에 이용객은 고작해야 수천 명 정도다. 그러니 딱히 신경도 쓰지 않았던 것.

"하지만 지금 소문이 나서……."

"소문……. 하긴, 미국에서 치료 못 하면 다른 방법을 찾아야지."

자국의 의료가 무너져 해외로까지 가서 치료받아야 하는 상황이 벌어진다면?

"치명적이겠군요."

진짜 무너진 건 아니지만 사람들에게는 무너진 것처럼 느껴질 거다.

"송정한 대통령은 뭐라고 하던가요?"

"요구 사항이…… 진짜 절묘합니다."

현재 미국에서 한국에 요구하는 건 총 세 가지다.

첫 번째, 반도체의 중국 수출 금지.

두 번째, 자동차의 미국 내 생산.

세 번째, 우크라이나의 무기 지원.

일단 1순위는 포탄이지만, 차차 강도를 높여서 나중에는 개인화기나 대전차무기 그리고 전차까지 요구할 생각이었다.

"반도체 수출은……."

"인도를 통해 수출할 생각인 것 같습니다. 그리고 장기적으로 인도에 반도체 공장을 세울 계획이랍니다."

"미국에 세우라고 하세요! 미국에!"

"하지만 미국에는……. 아시지 않습니까?"

한국은 반도체를 중국에 수출할 수 없지만 미국은 수출할 수 있다. 그게 미국이 만든 법의 한계다.

그러니 미국만 돈 벌겠다는 것, 그게 계획이다.

그런데 인도라니.

"인도에 반도체 공장을 건설하는 것에 반대하면 우리는 제3세계를 통째로 적으로 돌리게 됩니다."

인도 역시 성장에 목매고 있다.

그리고 미국은 인도의 성장에 부담을 느끼고 있다.

가뜩이나 중국과 러시아만으로도 충분히 부담스러운데, 인도까지 성장하면 그 부담이 너무 커지기 때문이다.

"허? 그러니까 지금 미국이랑 척지겠다는 겁니까?"

"그게 애매합니다. 척지겠다는 건 아닙니다. 하지만 거리를 두겠다는 것으로 보입니다."

"거리를 둔다?"

"그렇습니다. 어차피 우리 측 요구를 다 들어주면 한국은 망합니다."

농담이 아니라 진짜로 망할 수도 있을 정도로 타격이 크다.

"그 조건을 받아들이면 중국이 가만히 있겠습니까?"

조금만 기분 나빠도 한한령이니 뭐니 하며 한국을 조지는 중국이 가만히 있겠는가?

당연하게도 어마어마한 보복을 할 거다.

그리고 대중국 수출 의존도가 높은 한국은 휘청거릴 거다.

"그렇다고 우리가 한국에 뭔가를 해 주는 것도 아니고요."

수출을 늘려 주는 것도 아니고, 무기를 지원해 주는 것도 아니고, 혜택도 없다.

도리어 미국 내 자동차 판매를 사실상 금지해 버림으로써 한국에 엿을 먹이는 셈이다.

"그런 상황에서 인도와 가까워지는 건 어찌 보면 당연한 겁니다."

제3세계의 인도. 가난하고, 기술도 별 볼 일 없는 나라.

"하지만 한국에서 기술을 커버해 주면……."

"끄응."

"거기다 인도의 교육열은 미친 수준입니다. 그 점은 한국과 비슷하죠."

비슷한 나라가 손잡고 기술 발전에 목매기 시작하면 미국의 패권이 흔들리는 건 시간문제다.

"그렇다고 우리를 배신해요?"

"배신이 아닙니다, 각하."

배신이라고 볼 수도 없다.

사건의 흐름을 되짚어 보면, 미국이 먼저 배신했기 때문이다.

내가 중국과 사이가 안 좋으니 중국에 뭐 팔지 말라고 한국에 요구했으면서, 정작 자기들은 중국에 닥치는 대로 팔아재꼈다.

사실상 중국의 한국 시장을 자기들이 처먹겠다는 의미인 셈 아닌가?

"일단 허락을 못 한다고 할 수는 없겠죠?"

"서비스의 가격을 정부에서 정하는 것은 불법입니다."

미국은 극단적 자본주의의 나라다.

서비스의 가격을 미국 정부에서 정했다면 의료 비용이 이렇게 미쳐 날뛰지는 않았을 거다.

"그런데 왜 우리한테 그걸 동의해 달라고……. 아니, 알 것 같군요."

허락할 권한이 없는 미 행정부지만 송정한이 협조를 요청했으니, 그에 따라 가격이 올라가는 순간 미 정부는 진짜로 우크라이나를 위해 미국인을 팔아먹은 셈이 된다.

"그렇다고 무조건 반대하면 한국은 포탄을 주지 않겠다고 할 겁니다."

이전에는 거래할 게 없었지만 이제는 거래할 게 생긴 거다.

"일단 언론에는 이와 관련된 권한이 없다고 발표하시는 게 우선입니다."

설사 협상이 파투 나서 진짜로 가격이 오른다 해도, 비난을 피하려면 그게 최우선이다.

물론 그 효과가 크지는 않을 테지만 말이다.

"우리는 어떻게든 한국에서 포탄을 뜯어내야 합니다. 송정한이 한국으로 돌아갈 날짜가 얼마 남지 않았어요. 무슨 짓을 해서라도 포탄을 우크라이나로 넘기라고 하세요."

빌 웨이든은 눈을 찡그리며 말했다.

"그래서요? 뭐라던가요?"

"뻔하지. 바뀌는 건 없었다네. 하지만 확실히 자세가 좀 달라지기는 했더군."

전에는 고압적으로 '시키는 대로 해!'라고 하는 느낌이 강했다면 지금은 '내 말 좀 들어라.' 수준까지 떨어졌다는 것.

"뭐, 그래 봤자 별반 달라지지는 않았지만."

"그렇군요."

"그래. 그나저나 이틀 뒤면 한국으로 돌아가야 하는데."

답을 주기도 애매하고 안 주기도 애매하다.

"일단 포탄 문제는 다른 나라를 끼워 넣어서 해결하도록 하죠."

"다른 나라? 우회 수출을 하자 이건가?"

"네, 맞습니다."

"러시아가 바보도 아니고 그걸 모르겠나?"

이미 러시아는 무기를 우회 수출하는 경우 적성국으로 간주한다고 발표한 상황이었다.

"그러니까 애매한 나라에 팔아야죠."

"애매한 나라? 설마 러시아도 우크라이나도 아닌 나라 편에 팔라는 건가? 그래 봤자 별 의미는 없지 않나?"

그쪽에 '네 마음대로 팔아라.'라는 식으로 판다 한들, 결과적으로 포탄이 갈 장소는 우크라이나뿐이다.

왜냐하면 러시아와 우크라이나는 포의 구경이 완전히 다르니까.

"알고 있습니다. 나토 표준탄이니까요."

나토와 러시아는 무기 규격이 다르다.

그런 만큼 제3자가 수입한 한국의 포탄을 팔려 한다면 상대는 우크라이나일 수밖에 없다.

"그리고 애매한 나라라면 결국 인도라는 건데, 인도도 러시아에 무기를 팔지는 않을 거야."

제3국.

그 '3'이라는 대표성을 위해서는 중립을 잘 지켜야 한다.

중립을 지키지 못하면 다른 나라의 지배를 받는 나라가 되어 버릴 뿐이니까.

"물론 그렇죠. 그러니까 다른 곳에 팔면 됩니다."

"다른 곳이 어딘데?"

"러시아와 싸우는 나라가 우크라이나뿐인 것은 아니지 않습니까?"

"뭐, 공식적으로는 그렇지."

"그러니까 애매한 제3국을 통해 우크라이나에 무기를 팔도록 하는 겁니다."

"그런 나라가 어디 있나? 애초에 포탄을 떠넘기기도 애매한데. 누차 말하지만 러시아는 우크라이나에 무기를 넘기는 즉시 적성국으로 간주하겠다고 했다네."

"그에 대비해 무기도 애매한 걸로 넘겨야죠. 러시아에서 욕하기도 애매하고, 그렇다고 무시하기도 애매한 걸로."

그런 무기를 넘기면 러시아는 한국을 무작정 적대할 수는 없다.

왜냐하면 실제로 전 세계에서 얼마 남지 않은, 중립을 유지하는 국가니까.

물론 유럽과 다른 나라들이 입으로만 전쟁을 외치면서 뒤에서는 이중 거래를 하고 있는 건 사실이지만, 그리고 한국역시 그런 모습을 보이는 것도 사실이지만, 한국은 가장 가까이에 있는 나라이기에 한국이 반발하기 시작하면 문제는더더욱 커질 수밖에 없다.

게다가 마침 거기에 딱 맞는 무기가 하나 있다.

"애매한 무기?"

"105밀리 차륜형 자주포 말입니다."

"그게 왜?"

"대통령이 되셨으니까 현실을 아실 텐데요? 그거 진짜 애매한 물건입니다."

"그거야…… 하아, 그건 그렇지."

105밀리 차륜형 자주포는, 아이디어는 좋았다.

넘치고 넘치는 105밀리 견인포에 바퀴를 달아서 자주포로쓰자.

105밀리 견인포는 애매한 물건이었다.

사거리도 이제는 짧고, 느리며, 화력도 약하다.

그렇다고 도태시키자니, 한국이 보유한 105밀리 포탄이수백만 발이다.

그걸 해체하는 데에도 돈이 들고, 그렇다고 계속 쓰는 것도 골치 아프다.

"그래서 대안으로 나온 거죠."

"그렇지."

"당연하게도 아이디어가 좋다고 칭찬이 자자했습니다만."

"내가 대통령이 되고 나서 본 현실은 좀 달랐지만."

아이디어만 좋았다.

일단 105밀리 견인포를 105밀리 차륜형 자주포로 바꾸는 비용이 적지 않다.

거기다가 포탄을 만드는 것으로 끝나지 않는다.

일정 기간 사용하지 않으면 재생이라는 과정을 거쳐야 재사용할 수 있다.

쉽게 말해서, 오랫동안 쓰지 않고 방치한 것은 정말 쓸 수 있는지 점검해야 한다는 거다.

"눈 가리고 아웅인 거 아시죠?"

"후우~ 하긴, 그건 그렇지."

105밀리 포에 대해 사람들이 모르는 것.

그건 다름 아닌, 105밀리 차륜형 자주포가 차지한 자리는 원래 120밀리 박격포가 들어갈 자리였다는 거다.

화력도, 사거리도, 발사 속도도 120밀리 박격포가 훨씬 나았다. 하지만 국방부에서 돈을 아끼겠다고 105밀리로 차륜형 자주포를 만든 거다.

없는 상황에서 개발했다면 대단한 일이지만 더 좋은 무기가 배치될 수 있었는데 돈 좀 아끼겠다고 화력도, 사거리도 낮춰 버렸으니 군 내부에서도 불만이 없다면 거짓이었다.

애초에 105밀리는, 화력은 120밀리 박격포의 4분의 1이고 발사 속도는 거의 3분의 1이다. 그렇다 보니 전체적인 화력이 30% 이상 떨어지는 결과가 나온다.

하지만 그렇다고 쌓이고 쌓인 재고를 그냥 버릴 수도 없는 노릇.

"계륵이기는 하지."

없는 것보단 낫지만 차라리 돈을 조금 더 들여서 120밀리를 쓰고 싶다.

그게 현재 국방부의 솔직한 마음이다.

그 때문에 여전히 105밀리 개조 과정은 지지부진한 상황이다.

홍보해서 어필이야 했지만 영 마음에 안 드니까.

"그걸 파는 거죠."

"105밀리를 팔자고?"

"네."

"그래 봤자 뭐가 달라지나? 결국 우크라이나로 가는 건 마찬가지인데."

"우크라이나에 보내는 게 아닙니다. 발트3국을 위시한 다른 나라에 파는 거죠."

"아, 무슨 뜻인지 알겠네. 하긴, 거기는 지금 엄청 똥줄 타겠군."

발트3국.

에스토니아, 라트비아 그리고 리투아니아는 있는 무기를 닥닥 긁어서 우크라이나에 보내고 있다.

그들은 알기 때문이다, 우크라이나 다음은 자신들이라는 걸.

러시아는 물론 그럴 생각이 없다고 선을 그었다.

하지만 그들은 그런 약속을 늘 어겨 왔다.

조지아를 병합할 때도, 크림반도를 병합할 때도, 우크라이나를 병합하려고 할 때도 병합 계획은 없다고 했다.

그래 놓고 점령 후 '주민 투표'라는 이름으로 조작된 투표를 실시해 100% 찬성이라는 결과를 낸 다음 러시아 병합을 발표했다.

반대하거나 거절하면 된다고?

지금 우크라이나에서 민간인 고문과 학살이 왜 벌어지겠는가?

친러시아계 외에는 싹 다 죽이면 100% 찬성이 나올 수밖에 없기 때문이다.

"그런데 발트3국은 위치가 지랄 같거든요."

"그렇지."

우크라이나보다 위치가 더 안 좋은 게 바로 발트3국이다.

최소한 우크라이나는 후방에 타국이 연결되어 있어서 지

원을 받는 게 가능하다.

하지만 발트3국은, 특히 리투아니아를 제외한 다른 나라들은 실질적으로 달리 접한 곳이 없다.

발트해를 접하고 있어서 발트3국이라 불리지만 해상 물동량으로 지원받는 데에는 분명 한계가 있다.

"더군다나 지금 지원이 필요한 나라가 한둘이 아니니 발트3국은 사실상 우선순위에서 밀립니다."

원래도 약체였고 국제적으로 권한이 강한 것도 아니다.

"하긴, 요즘 지원하는 게 그렇더군."

대부분의 군자금 지원은 우크라이나와 폴란드 등으로 가고 있다.

우크라이나야 전쟁 당사국이니 당연한 거고, 폴란드는 러시아의 유럽 침공의 입구에 위치하고 있기 때문이다.

"발트3국이 나토이긴 하지만 위치가 진짜 애매합니다."

발트3국은 이미 오래전에 위협을 감지하고 나토에 가입했지만 나토가 정말로 대러시아 전쟁을 하게 되면 방어하기 힘든 위치라, 대부분의 군사 전문가들은 발트3국은 나흘 이내 멸망하고 본격적인 전쟁은 그 이후 폴란드에서 벌어질 거라 생각하고 있다.

그래서 나토의 지원은 거의 대부분 폴란드로 향하고 있다.

"문제는 발트3국의 무력이 형편없다는 거죠. 아니, 유럽의 무력이 형편없죠."

"그렇지. 평화가 길었으니까."

사람들은 유럽, 아니 나토가 나름 강하다고 생각한다.

나토는 뭉침으로써 강하고, 러시아와 싸울 수 있다고 믿는 것이다.

하지만 그건 과거 기준의 이야기다.

"그런데 그 믿음이 지금은 문제가 된 거죠."

다들 '우리는 나토니까 러시아도 감히 덤비지 못하겠지?'라고 생각해서 군에 거의 투자를 하지 않았다.

영국과 프랑스 그리고 독일 등이 세계적 군사 강국이라고 발표야 하지만 그게 넘사벽이라는 뜻은 아니다.

"도리어 우리 한국이 강할 겁니다."

독일군이 전차에 올릴 기관총이 없어서 빗자루를 도색해서 올리고 훈련한 건 딱히 비밀도 아니다.

군사력은 보통 투자금의 영향을 많이 받는다.

그래서 한국은 투자금이 많은 대신에 인건비를 최소한으로 지출한다.

그런데 유럽은 그러지 않는다.

그렇다 보니 한국을 유럽에 가져다 두면 지역 맹주가 된다는 게 또 틀린 말은 아니다.

"발트3국이 딱 그런 상황입니다."

'우리는 나토니까.'라는 생각으로 군사력에 신경 쓰지 않는 바람에 러시아가 대놓고 '나토 조까'를 시전하며 이제 전쟁이 코앞인데 무기도 없다.

다급하게 구입하려고 하니 전 세계에 남아 있는 무기 공장이 별로 없어서 전차를 받는 데에만 5년, 10년씩 걸릴 판국이다.

당장 한국도 폴란드에 전차를 넘기기 위해 자국 물건을 우선 배당해야 하지 않았던가?

"나토지만 나토가 아닌 거죠."

침략당하면 함께 방어한다는 것이 나토의 개념.

문제는, 발트3국은 방어가 쉽지 않다는 거다.

아무리 빨라도 일주일 이상은 버텨야 나토의 지원이 도착하는데 발트3국은 그게 불가능하다.

나흘은커녕 네 시간 이내에 함락될 거라 이야기하니까.

"그래서 유럽이 죽어라 폴란드를 지원하는 겁니다."

발트3국을 지원할 때 꼭 거쳐야 하는 위치도, 발트3국이 무너졌을 때의 최전선도 폴란드니까.

"그런 건 아무도 이야기하지 않던데."

"멍청한 거죠."

송정한은 어이가 없다는 듯 눈을 찡그렸다.

누구도 이런 군사학적인 브리핑은 하지 않았으니까.

하지만 노형진은 그 이유를 안다.

이건 군사적인 영역이고 세계적인 감각이 있어야 알 수 있는 거다.

그런데 한국 장군은 개인의 역량이나 전문 영역보다는 누가 뇌물을 더 많이 줬느냐로 발탁되다 보니 세계정세를 제대로 읽지 못한다.

　"어찌 되었건, 그런 이유로 발트3국은 지금 똥줄이 타고 있을 겁니다."

　무기를 사고 싶은데 돈은 없고, 나토에 손을 벌렸지만 나토는 우크라이나와 폴란드 지원에 정신이 없다.

　솔직히 나토 입장에서도 무기를 지원해 봐야 방어 네 시간이 열 시간으로 늘어나는 건 그다지 의미가 없으니 발트3국을 후순위로 둘 수밖에 없다.

　"당장 미국이 한국을 왜 압박하겠습니까? 단순히 한국에 충성을 바치라는 의미로요? 아닙니다. 지금은 혼자서 감당이 안 되는 겁니다."

　미국이 어떤 나라인가? 군수산업으로 먹고살고, 천조국이라 불리는 나라다.

　"한국전쟁으로 일본이 지옥에서 기어올라 왔죠."

　다른 나라의 전쟁은 군수품을 생산하는 나라 입장에서는 기회다. 그런데 미국이 그 기회를 다른 나라에 넘겨주려고 할까?

　과거에 치러진 걸프전이 왜 최신 무기의 전시장이라 불리겠는가?

　소모되는 만큼 무기가 새로 생산되며 돈이 돌아 그만큼 나라 경제가 살아난다.

전 세계가 불황인 현시점에서 그건 중요한 요소다.

"그런데 우리한테 250만 발이라는 포탄을 왜 요구하겠습니까?"

그걸 자기들이 만들어서 넘기면 자국 경제가 좋아질 텐데.

"생산력이 따라가지 못한다는 거군."

"맞습니다."

전면전이 끝났다고 생각했기에 포탄 공장도, 무기 공장도 줄였다.

최첨단 무기는 늘었지만 대량 소비 무기는 줄었다.

그랬기에 이제 와서 늘린다고 해도 한계가 명확하다.

"그렇다고 해서 우크라이나에 최소한의 비축분도 없이 탈탈 털어서 줄 수는 없거든요."

포탄이 아예 여유 없는 건 아니지만 그걸 다 넘겨줬다가 러시아가 우라돌격('우라'라는 함성과 함께 시작하는 러시아 특유의 돌격하는 모습을 가리키는 표현)이라도 시작하면 핵 말고는 아무것도 없어서 손가락만 쪽쪽 빨아야 한다.

"더군다나 지금 전 세계는 어마어마한 포탄 소비량에 놀라고 있고요."

비축량은 하루 소비량을 토대로 잡아야 한다.

그런데 세상이 바뀌었다.

개활지가 아니라 도심에서 싸우고, 그래서 건물을 무너트리기 위해 포탄 소비량도 기하급수적으로 늘어났다.

계산한 양보다 무려 네 배에서 다섯 배까지 말이다.

그러니 포탄의 비축량을 더 늘려서 잡아야 했고, 그러다 보니 지원해 줄 포탄이 더 부족해졌다.

"하긴, 천하의 천조국이 우크라이나에 포 좀 그만 쏘라고 할 정도니."

그래서 한국에 요구하는 거다.

한국은 전면전 체재를 유지하고 있고 다른 나라에 비해 전쟁 비축량을 몇 배나 가지고 있으니까.

"하지만 그런 상황이니 105밀리를 발트3국에 파는 건 의미가 없지 않나?"

송정한은 고개를 갸웃했다.

그러자 노형진이 피식 웃으며 말했다.

"미국과 나토는 하나가 아니니까요."

"뭐?"

"정확하게는, 미국과 유럽은 하나가 아니죠."

나토는 미국과 일부 유럽 국가들이 가입한 하나의 자체 보호 국제기구다.

러시아와 전쟁이 벌어지면 전쟁터가 되는 건 미국이 아니라 유럽이다. 러시아와 유럽은 한 대륙에 있지만 미국은 별개의 대륙이니까.

"그렇기에 우리가 발트3국을 지원한다고 하면 나토는 환

영할 겁니다."

"그거야…… 아!"

그제야 송정한은 눈을 크게 떴다.

"그러면 미국이 우리한테 뭐라고 하기도 그렇겠군."

"그렇죠."

포탄을 우크라이나에 주는 건 문제가 된다.

하지만 미국은 그걸 요구하고 있고 사실상 러시아, 중국과 적대하라고 하고 있다.

한국 입장에서는 들어줄 수가 없는 요구다.

"그런데 우리가 105밀리 차륜형 자주포를 발트3국에 지원해 주면 이야기가 달라집니다."

나토 입장에서는 자기네 세력을 지원하는 셈이니 미국에 뭐라고 할 이유가 된다.

"105밀리를 지원해 주느라고 우리도 여력이 없다?"

"맞습니다."

미국에서 그래도 155밀리 포탄을 지원하라고 하면, 빈자리를 메꿔야 해서 105밀리도 더 이상 지원하지 못한다고 하면 된다.

"그러면 과연 유럽이 미국의 행태를 기뻐할까요?"

"그럴 리가 없겠군."

유럽은 나토라는 이름으로 미국과 묶여 있지만 미국에 종속된 건 아니다.

종속되었다면 아마 모든 무기를 미제로 썼을 테지만 그게 아니니까.

"당연히 나토 입장에서는 우리가 우선이라고 주장할 테고……."

"미국은 그런 나토를 무시할 수 없겠군."

"정확합니다."

"하하하, 그런 방법이 있었나?"

송정한은 헛웃음이 나왔다.

이게 이렇게 쉽게 해결될 줄이야.

아무리 빌 웨이든이라 해도 자국 내에서 반발이 큰 데다가 유럽에서 항의하면 우크라이나 지원을 쉽사리 강제하지는 못할 거다.

"더군다나 이건 러시아도 뭐라고 못 합니다."

"그렇겠지."

지금 러시아는 자기들 입으로 우크라이나를 제외한 다른 나라에는 관심이 없다고 선을 긋고 있다.

물론 이게 생각지도 못한 강한 저항에 부딪혀서 그런 건지, 아니면 진짜로 관심이 없는 건지는 아무도 모른다.

"그런데 여기서 우리한테 뭐라고 한다고 생각해 보세요."

"그건 대놓고 다음 타깃이 발트3국이라고 알리는 거군."

"맞습니다."

미묘하게 우크라이나를 지원하면서도 또 미묘하게 러시아

를 적대하지는 않는 셈이다.

"거기다가 우리 한국은 발트3국과 딱히 거래가 없죠."

"그건 그렇지."

발트3국이 상대적으로 가난한 나라이기도 하고, 그 규모도 크지 않다. 거리상으로도 한국보다는 유럽과 더 가깝기에 한국과의 거래가 적은 편이다.

"그쪽에서 협정을 위반하는 거라고 해도, 항의하고 대사를 초치하는 정도 말고는 할 수 있는 게 없죠, 솔직히."

"무슨 소리인지 알겠군."

무기를 지원하거나 팔 때는 꼭 붙는 조건이 하나 있다.

그건 바로 그 무기를 제3국에 팔기 위해서는 원래 판매한 국가의 동의를 얻어야 한다는 거다.

그렇게 하지 않으면 개판이 되는 게, 미국제 무기를 제3국을 거쳐서 러시아에 넘기면 러시아에서 그걸 씹고 맛보고 즐길 테니까.

실제로 소련이 해체될 때 미국이 그런 방법으로 소련제 무기를 엄청나게 많이 연구했다.

그랬기에 이 조항은 필수 조항이다.

"애매한 거죠."

한국에서 넘겨준 105밀리 차륜형 자주포를 동의 없이 우크라이나에 넘긴다?

그러면 한국 입장에서는 어떤 식으로든 항의하고 보복해

야 한다.

당연히 서로 간의 관계가 긴밀할수록 상황은 힘들어진다.

"하지만 발트3국은 아니죠."

대사를 초치하고 수출이나 수입 금지를 때려 봐야 딱히 바뀌는 것도 없다.

그 사실은 발트3국도, 한국도 안다.

그러나 러시아 입장에서는 일단 이 정도로 극렬하게 반응하는 한국에 뭐라고 할 수도 없다.

"거기다 105밀리라는 게 진짜 애매하거든요."

화력도 부족하고 사거리도 부족하다.

애초에 105밀리라는 게 2차대전 때부터 사용하던 구경이니 현대전에서는 여러모로 능력이 부족할 수밖에 없는 것.

그래서 현대전에서 적성국을 공격하는 용도로는 영 좋지 않다.

"하지만 방어용으로는 또 다르거든요."

물론 그대로의 105밀리 고정 포대라면 방어도 못할 정도로 개판일 거다.

사거리도 짧고 이동도 힘들어서 대포병 사격에 속수무책으로 깨져 나갈 테니까.

105밀리 포가 골치 아픈 건 지금 쓰지 못할 정도로 화력이 약해서가 아니라 대포병 사격에 극단적으로 취약하다는 점 때문이다.

요즘은 대포병 사격으로 5분 이내에 포탄이 날아오는데, 고정 포대는 그걸 피하려면 두어 발 쏘고 죽어라 도망가야 한다. 그것도 포를 버리고 말이다.

"하지만 105밀리 차륜형 자주포는 또 이야기가 다르죠."

두어 발 쏘고 도망가는 데 걸리는 시간 3분.

화력지원으로는 애매하지만 공격자 입장에서는 귀찮아 죽을 맛이다.

마치 거대한 사람에게 파리 수십 마리가 왱왱거리면서 달려드는 느낌이랄까?

"그러니 그걸 넘겨주면 우크라이나에서 방어용으로는 써먹을 수 있고요."

한국은 그걸 핑계 삼아 미국의 압력에서 벗어날 수 있게 된다.

"호오?"

송정한은 그 말에 급격히 관심을 가졌다.

물론 105밀리를 비싼 가격에 팔 수는 없다. 솔직히 중고 물품이고, 지금 유럽과 미국이 그걸 비싼 가격에 사 줄 만큼 상황이 녹록지는 않으니까.

"그렇지만 우리는 할 건 했다 이거군."

"맞습니다. 저쪽에서 요구하는 건 '자유 진영으로서 책임을 다하라.'라는 거거든요."

물론 이 자유 진영의 대표 격은 나토지만, 한국은 나토에

속해 있지 않다.

"자네 말대로 한번 딜을 해 보지."

"그 정도면 우크라이나에 지원하라는 압력은 일단 덜해질 겁니다."

물론 미국이 쉽게 포기하지는 않을 거다.

왜냐, 카드란 쥐고 있는 것만으로도 효과를 발휘하기 때문이다.

대놓고 포기한다고 하면 나중에 문제가 생길 수 있다.

당장 6.25 전쟁 당시에 중국이 참전할 수 있었던 이유가 뭔가?

미국에서 어떠한 경우에도 한국전쟁에 핵 사용은 없을 거라고 못을 박았는데, 그 사실이 스파이를 통해 중국으로 넘어갔기 때문이다.

미국이 그런 결정을 하지 않았다면, 아니 하다못해 스파이가 그 사실을 중국에 넘기지만 않았어도 중국은 한국전에 참전하지 못했을 것이다.

중국은 그 당시에 핵전쟁을 불사할 능력도, 대처할 능력도 없었으니까.

"하지만 그래도 지금 상황을 그냥 유지할 수는 없을 텐데."

"알고 있습니다."

노형진은 고개를 끄덕거렸다.

미국은 러시아-우크라이나 전쟁에서 우크라이나가 무너

질까 전전긍긍하고 있다.

아직 전쟁 초기이고 그들이 얼마나 잘 막아 내고 있는지, 그리고 이게 얼마나 오래갈지 모르는 상황이니까.

"그래서인지 저한테도 만나자고 하더군요."

"자네한테?"

"네."

"마이스터는 민간 기업 아닌가? 마이스터가 해 줄 수 있는 게 뭐가 있다고?"

그 말에 노형진은 어깨를 으쓱하며 말했다.

"마이스터는 민간 기업이죠. 하지만 아레스 밀리터리 그룹이 있지 않습니까?"

"아아~."

당장 러시아도 민간 군사 기업을 이용해서 전쟁 중이다. 미국도 그러지 말라는 법은 없다.

물론 직접 공격하면 곤란하겠지만 말이다.

"그러니 가 봐야죠."

"방법이 있겠나?"

"방법이야 언제든 찾으면 나오는 법 아니겠습니까?"

노형진은 씩 하고 웃으며 말했다.

자본주의식 전쟁

전쟁은 군대의 영역이다. 하지만 그걸 지탱하는 건 돈이다.

돈이 없으면 전쟁은 질 수밖에 없다.

그러나 돈이 많다고 해서 다 이기는 건 아니다.

만약 그랬다면 러시아는 이미 오래전에 우크라이나를 집어삼켰을 것이다.

이는 미국이 러시아를 제대로 막지 못하는 이유이기도 했다.

"반갑습니다. 노형진입니다."

"빌리 행크라고 합니다."

빌리 행크 차관보는 공식적으로 미 국무부 소속이다.

국무부는 한국으로 치면 외교부라고 볼 수 있다.

그럼에도 불구하고 빌리 행크 차관보가 외교관도, 한 나라의 대표도 아닌 노형진을 만나러 온 이유는 간단하다.

"사안에 대해서는 알고 계시죠?"

"네. 아레스 밀리터리 그룹의 우크라이나 투입 요청 때문이죠?"

"아레스 밀리터리 그룹이 보여 준 행동에 저희는 많은 감사를 보내고 있습니다."

"별말씀을요."

'두둑하게 받았으니까, 후후후.'

노형진은 러시아-우크라이나 전쟁이 벌어질 걸 알고 있었기에 우크라이나에 막대한 양의 무기를 쌓아 두고 있었다.

미국의 부탁을 받고 세운 회사고, 아프가니스탄 문제를 해결해 주면서 무기 구입권을 받았기에 엄청난 양의 미제 무기를 사서 우크라이나에 쌓아 둘 수 있었다.

물론 전쟁이 발발하자 우크라이나는 공식적으로 긴급 상황을 이유로 해당 무기들을 징발해서 사용 중이다.

물론 말이 징발이지, 미국에서 그만큼의 돈을 아레스 밀리터리 그룹에 제공하고 있다.

"하지만 아시다시피 러시아의 공격은 점점 심해지고 있습니다."

"그렇죠."

"더군다나 포기할 생각도 없고요."

"알고 있습니다."

"사실상 이건 세계대전의 대리전입니다."

우크라이나를 지원하는 것은 미국을 위시한 자유세계.

러시아를 지원하는 건 중국과 북한을 위시한 공산권.

중국과 북한은 지원한 적 없다고 말하고 있지만, 얼마 전까지만 해도 포탄이 떨어지고 기름이 없어서 차량을 버리고 도주하던 러시아군이 갑자기 차량을 굴리고 미사일을 만들어 쏘고 포탄을 하루에 수만 발씩 쏴 대면서 특유의 초토화 작전을 할 수 있는 이유가 뭐겠는가?

"사실상 서로 군 병력만 투입하지 않았지, 전면전이라고 봐야 하죠."

"네. 문제는, 숫자에서 우크라이나가 밀린다는 겁니다."

아무리 징집을 하고 지원까지 받아도 엄청난 숫자의 러시아 병력 앞에서는 결국 한계가 있다.

"그렇다고 해서 서방권에서 병력을 투입할 수도 없죠."

"그렇죠."

그 순간 세계대전으로 이어지는 거니까.

"그러니 아레스 밀리터리 그룹이 고용 형태로 참가해 주셨으면 합니다."

아레스 밀리터리 그룹은 미국 기업이 아닌 한국 기업이다.

더군다나 어느 곳보다 본격적으로 전쟁을 잘할 줄 아는 기업이다.

단순히 경호나 보호 업무를 하던 곳이 아니라 진짜 전쟁을 위해 만들어진 조직으로, 아프리카 지역 한정이지만 실전 경험도 있으며 해당 지역 인원을 많이 고용한 덕에 인원도 충분하다.

"우크라이나에서 아레스 밀리터리 그룹을 고용할 수 있게 해 주신다면 저희는 어떤 지원이라도 해 드릴 수 있습니다."

인명 피해에 대해 예민한 미국이 그걸 피해서 인원을 투입할 수 있는 방법.

그건 다름 아닌 아레스 밀리터리 그룹 같은 민간 군사 기업을 이용한 우회 투입이다.

돈을 좇아 전쟁터로 간 용병들이 입은 피해는 누구도 문제삼지 않을 테니까.

그러나 노형진은 단호하게 선을 그었다.

"거절합니다."

"뭐라고요?"

"거절한다고 했습니다."

"왜요?"

"저희가 그런 방법으로 우회해서 도와준다 한들 얼마나 도움이 될 것 같습니까? 물론 잠깐은 도움이 되겠죠. 하지만 러시아 민간 군사 기업 꼴을 보셨을 텐데요?"

"그거야⋯⋯."

"민간 군사 기업은 민간 군사 기업일 뿐입니다."

소수의 차량과 다수의 인원. 그게 기업의 형태다.

진짜 제대로 된 전차 부대나 전투기 부대 같은 건 없다.

"러시아의 민간 군사 기업인 레드그룹은 지금 자기네 직원을 다 갈아 넣고 있죠."

레드그룹은 절대로 만만한 군사 기업이 아니다.

아프리카에서의 실전 경험도 가진 준군사 조직으로, 실제로 러시아 대통령 체르덴코의 지원을 받으며 엄청난 세력을 자랑한다.

심지어 러시아 국방부와 파워 게임을 할 정도로 말이다.

"그런데 솔직히 지금은 꼴이 어떻습니까?"

그 많은 인원을 전쟁터에서 다 갈아 넣다가 인원이 부족하자 교도소에서 죽을 놈들을 뽑고 있다.

"그 죄수들의 생존율이 고작 15%라고 하더군요."

6개월만 복무하면 자유다.

무슨 게임에 나오는 조건 같지만 그게 현실이고, 실제로 죄수들은 그렇게 전쟁터로 내몰린다.

그리고 죽는다.

"저라고 별수 있겠습니까?"

"그거야……."

"제가 군사 기업을 운영한다 해서 생명을 경시하는 사람은 아닙니다. 가난이 죽어도 될 이유가 되지는 않습니다."

실제로 우크라이나에는 소수의 의용군이 있다. 한국에서도 몇 명이 입대하기도 했다.

하지만 대부분의 사람들은 자기가 죽을지도 모르는 전쟁터로 가려고 하지 않는다.

"그런 건 아닙니다."

"그런 게 아니긴요. 저를 부른 이유를 제가 모를 것 같습니까?"

미국에는 민간 군사 기업이 한둘이 아니다.

만약 미국 기업이라 곤란하다고 해도, 해외에 적을 둔 민간 군사 기업도 많다.

그런데 왜 하필 아레스 밀리터리 그룹일까?

"저를 통해 아프리카 쪽 인원을 우크라이나로 보내고 싶은 거 아닙니까?"

아프리카는 가난한 나라다. 그리고 여전히 사방에서 내전이 벌어지고, 부족 간 전쟁이 벌어지고, 그 과정에서 학살이 벌어진다.

아프리카에서 그러다 죽으나 해외에서 싸우다가 죽으나 죽는 건 마찬가지라고 생각하는 사람들이 많다.

게다가 도리어 우크라이나 쪽의 생존 확률이 더 높을 수도 있다.

왜냐하면 우크라이나에서는 제대로 된 장비들이 지급되고 체계적으로 훈련된 방어전을 펼치니까.

방탄복도 없이 소총 하나 들고 돌격하는 아프리카식 전투 부대가 아니니 오히려 생존 확률이 높아지는 거다.

"하지만 우리가 그들을 전쟁터로 밀어 넣는 건 별개의 문제죠."

"민간 군사 기업을 운영하면서 소신이 남다르시군요."

"제가 민간 군사 기업을 운영하는 건 생명을 지키기 위해서지, 태우기 위해서가 아닙니다."

"협상의 여지는 없습니까?"

"네, 없습니다."

분명 아프리카에서 용병을 모집해 우크라이나에 밀어 넣으면 싸게 그리고 빠르게 병력을 보충할 수 있다.

하지만 그들의 전투력은 기대하기 힘들다.

"더군다나 아프리카계 용병들이 추운 우크라이나에서 능숙하게 전투를 하게 되려면 시간이 걸립니다."

추위는 사람을 굳게 만든다.

같은 러시아나 우크라이나 사람들도 추위에 벌벌 떨다가 죽을 수 있다.

그런데 기온이 20도 이하로는 결코 떨어지지 않는 더운 지방에서 살다 온 사람들이 그 추위에서 평소처럼 움직일 수 있을까?

어느 정도 익숙해지는 데만도 시간이 엄청 오래 걸릴 거다.

"한국전쟁과 독소전쟁에서도 추위는 공격자에게 가장 강력한 방어군이었습니다."

중국군도 한국에서 숱하게 얼어 죽었고, 독일군도 소련에서 숱하게 얼어 죽었다.

"그런 만큼 다른 방법으로 해결해야지요."

"하지만 다른 방법이 없습니다."

우크라이나에서 티를 내지 않을 뿐이지 인원이 충분한 게
아니다.

전쟁 피로는 쌓여 가는데 교대해 줄 인원이 없다.

2차대전 당시에도 미군은 최소 3개월, 최대 6개월 간격으
로 병사들을 교대시키면서 전쟁 스트레스를 풀어 줬는데 말
이다.

"아니요. 우리가 인원이 없으면 적의 인원을 줄이면 됩니다."

"미스터 노, 그게 그렇게 쉬운 일이 아닙니다. 러시아는
어떻게든 병력을 밀어 넣으려고 하고 있단 말입니다."

아직은 아니지만 조만간 러시아가 강제징집을 해서 병력을
밀어 넣을 거라는 건 모든 전문가들이 예상하고 있는 상황.

그러니 그에 대비해 어떻게든 미리 방어 준비를 해야 한다.

'내가 그걸 모르겠냐.'

우크라이나의 전쟁 피로도는 회귀 전이 훨씬 더했다.

지금이야 엄청난 양의 무인 터릿을 이용해서 러시아군을
막고 피해를 최소화하고 있기에 그나마 회귀 전보다 덜해진
수준이다.

"그러니까 다른 방법을 써야지요."

"그러면 애초에 거절하시지, 이 자리에는 대체 왜 나오신

겁니까?"

아예 처음부터 거절했다면 미국은 다른 방법을 찾으려 했을 것이다.

하지만 노형진이 일단 만나자고 이야기했기에 차관보도 이 자리에 나온 것이었다.

노형진은 자신을 이해하기 어렵다는 눈으로 바라보는 차관보에게 확신이 담긴 목소리로 말했다.

"방법이 있으니까요."

"방법이 있다고요?"

"네."

"무슨 방법이요?"

"다만 그 방법을 쓰기 위해서는 미국, 아니 전 세계의 도움이 필요합니다."

"무슨 방법이기에 전 세계의 도움이 필요합니까?"

"저희 아레스, 아니 마이스터가 러시아에서 활동해도 절대로 처벌받지 않는다는 보증이 필요합니다."

"불가합니다!"

당장 전 세계가 러시아의 기업들을 공격하고, 경제봉쇄를 하며 몰아붙이고 있다. 그런데 마이스터만 특혜를 준다?

"제가 분명 방법이 있다고 말씀드렸을 텐데요."

"물론 마이스터가 그간 해 준 건 고맙습니다. 하지만 러시아 문제는 안 됩니다."

그렇잖아도 러시아 봉쇄 작전이 제대로 먹히는 것도 아니다.

다른 나라가 아무리 봉쇄하면 뭐 하나, 중국과 인도를 통해 우회 수입하면 그만인데.

미국이 러시아와 거래하는 모든 나라에 불이익을 주겠다고 이야기하고 있지만, 막말로 중국과 인도에 차단을 박아 버리면 망하는 건 러시아가 아니라 미국이 될 거다.

"물론 얼핏 보이는 것처럼 효과가 없지는 않지요."

"압니다. 알죠."

일부에서는 러시아 경제제재가 효과가 없다는 무용론도 대두되고 있다.

실제로 러시아의 환율이 상승하기도 했으니까.

거기다 러시아가 자기들이 불리한 사항을 굳이 발표하지는 않으니 외부에서 봤을 때 러시아는 멀쩡한 것처럼 보이기도 한다.

"저, 마이스터에서 일합니다."

하지만 내부가 멀쩡하지 않은 건 사실이다.

그랬기에 외부에 보이는 것과 별개로 러시아의 상태가 좋지 않은 것도 노형진은 알고 있다.

"하지만 그것과 별개로 말입니다, 미래도 준비해야 하지 않겠습니까?"

"미래요?"

"러시아가 생각보다 약해진 건 사실입니다. 다만 미국이나 서방의 예상과 다르게 추락하는 속도가 느리죠. 그게 다 중국 때문이고요."

"잘 아시는군요."

그걸 부정할 수는 없다.

중국은 지금 러시아를 우회 지원하면서 딱 무너지지 않을 수준으로 유지 중이다.

아마도 중국이 뒤에서 지원해 주지 않았다면 러시아는 혹독한 경제제재를 오래 버티지 못했을 것이다.

"그런데 그 후에 벌어질 일은 예상 못 하십니까?"

"그 후에 벌어질 일……?"

"러시아 기업들이 무너지고 있죠. 그러면 그 기업들을 누가 살까요?"

"아무도 안 사겠죠."

"과연 그럴까요? 중국이 있는데요?"

가치가 시궁창으로 처박혔다지만 그건 국제적 문제지, 진짜 그 기업들의 가치가 없는 건 아니다.

특히 자원 기업들은 가치가 제로가 될 수가 없다.

"그러면 미래에 중국을 기준으로 한 경제적 단일 시장이 생길 겁니다. 그게 뭘 의미하는지 모르시지는 않을 텐데요?"

그 말에 빌리 행크의 얼굴이 딱딱하게 굳었다.

'그렇겠지.'

모르지는 않았을 거다. 하지만 그걸 막을 방법이 없었을 거다.

왜냐하면, 그걸 막겠다고 중국과 전쟁을 벌일 수는 없으니까.

"지금의 중국도 어찌하지 못하고 상태가 좋지 않은 러시아에도 쩔쩔매는데, 미래에 경제권이 통합된 중국과 러시아는 어떻게 상대하시려는 겁니까?"

"끄응."

"그러니까 한국이 도와야 합니다."

"한국이 도와야 한다고요?"

"네. 한국은 나토도 아니고 친공산권도 아니죠. 사실 중국과는 사이가 좋지 않지요."

빌리 행크는 그 말을 인정한다는 듯 고개를 끄덕거렸다.

"그래서요?"

"그러니 한국을 러시아 경제 전쟁의 첨병으로 삼아야 합니다."

"러시아 경제 전쟁의 첨병으로 삼는다니요?"

"한국이 러시아 기업들을 인수하는 겁니다."

"손해가 클 텐데요?"

다른 나라들은 경제제재로 인해 수출입도 못 하는 러시아의 기업을 인수할 생각이 없다.

"아무리 한국에서, 아니 마이스터에서 인수한다 해도 그들의 경제활동은 러시아의 자금이 됩니다."

"경제제재를 풀 이유는 없죠."

"무슨 말이죠? 망하게 하겠다는 겁니까?"

"네."

그 말을 이해하지 못한 빌리 행크는 고개를 갸웃했다.

"망하게 한다고요?"

"네."

"망해도 그만, 안 망해도 그만인 회사를 사서?"

"정확하게는, 망하지 않겠죠. 하지만 망하게 해야죠. 자원 기업도 그렇고 다른 기업들도."

"무슨 생각이신 겁니까?"

정치인인 빌리 행크는 도무지 노형진의 계획을 읽을 수가 없었다.

빌리 행크의 물음에 노형진은 목소리를 낮췄다. 마치 누구도 들어서는 안 된다는 것처럼 말이다.

"러시아는 지금 최악의 경제 시스템을 가지고 있지요."

"그렇죠."

"생존조차 불투명합니다. 중국과 인도가 없었다면 이미 망했을 겁니다."

"알면서 그러십니까? 더군다나 대부분의 돈이 되는 기업은 러시아 정부 겁니다."

외부적으로는 민간 기업이지만 내부적으로는 러시아 정부, 아니 러시아 대통령 체르덴코의 소유다.

전 사장이나 이사 등이 의문사를 당하고, 그 후에 체르덴코 일파가 다 집어삼켰다.

"체르넨코가 그걸 내놓지는 않을 겁니다."

"그러니까 곧 망할 걸 받아야죠."

"망할 걸 받아요?"

"네. 사실 지금 다른 기업들은 대부분 당장이라도 망할 수 준입니다."

일단 자원이야 외부에서 무조건 받아 줄 수 있다.

러시아의 자원이 싼값에 팔리는 지금이 중국이나 인도에 는 기회니까.

그렇다 보니 지금 중국과 인도는 도리어 즐거운 비명을 지 르면서 러시아의 자원을 헐값에 쪽쪽 빨아먹고 있다.

"하지만 다른 기업들은 아니죠."

특히 수출이 주력이던 기업들은 죄다 망할 상황일 거다.

자원과 다르게 생산품은 자국 기업을 보호하기 위해 어지 간해서는 수입을 하지 않으니까.

돈이 되는 미국과 유럽은 이미 손절 쳤고, 중국과 인도는 자국 기업이 우선이다.

판매 라인을 없애거나 수입을 막지는 않겠지만 그렇다고 해서 그들의 물건을 100% 소비해 주지도 않을 거다.

"그러니까 망하기 직전의 기업을 헐값에 인수할 기회죠."

"망하게 둔다면서요?"

"네, 망하게 둘 겁니다. 정확하게는, 망하게 해야죠."

"그러니까 왜요?"

"간단합니다. 러시아를 우리가 공격할 수는 없으니까. 지금 우크라이나에 무기를 공급하는 조건이 뭡니까?"

단 한 발의 미사일도, 단 한 발의 포탄도 러시아 영토에 떨어져서는 안 된다. 그게 무기 지급의 조건이다.

3차대전을 막기 위한 서방의 고육지책이다.

"그렇다 보니 러시아만 신나게 두들겨 팰 수 있는 거죠."

상대측은 이쪽을 못 때리는데 이쪽은 상대방을 팰 수 있는 싸움이다.

그걸 누가 멈추려고 하겠는가?

물론 나도 좀 배고프고 힘들기는 하지만 못 버틸 정도는 아니니 멈출 이유가 없다.

"그러니까 우리가 경제적으로 싸워야 하는 겁니다."

"수백만 달러가 들 겁니다."

"그렇게는 안 들어요."

이미 수많은 기업들이 부도 직전이고 실제로 부도가 이루어지고 있다.

규모에 따라 다르겠지만 수십만 달러면 건실한 기업을 인수하는 게 어렵지는 않을 거다.

"하지만 망할 거라니까요?"

그렇게 망한 기업들. 그게 무슨 소용이란 말인가?

그러나 이어지는 노형진의 설명에 빌리 행크는 자신의 식견이 짧다는 것을 인정할 수밖에 없었다.

"네, 망할 겁니다. 애초에 체르덴코가 서방으로 넘어간 자국의 기업을 가만둘 리가 없죠."

"그렇죠."

어떻게든 망할 거다. 그 사실을 알고 있다.

"그럼 그 기업이 망한 후, 그곳에서 일하던 사람들은 어떻게 먹고살까요?"

"네?"

"보통 수출이 좀 막혀도 내수가 있으니까 기업들은 살아남죠. 하지만 내수가 없는 나라에서도 살아남을 수 있을까요?"

"그거야……."

러시아가 버틸 수 있는 이유.

그건 땅도 넓고 인구도 많아서 내수만으로도 버틸 수 있기 때문이다.

"그런데 기업이 망하면 내수가 사라지죠."

월급이 사라진 직장인들은 당연히 긴축을 할 거다. 그렇게 되면 내수가 줄어든다.

단순히 몇몇 직장인이 잘려서 월급을 못 받는 게 문제가 아니게 되는 것이다.

서방이 러시아의 전문 기업을 하나 사면 그걸 체르덴코가 가만둘까?

당연히 가만두지 않는다. 망하게 한다.

그러나 캔 식료품 회사가 망하면 그 회사에서 나오는 식료품이 사라지고, 그만큼 유통되는 식량이 줄어들기 마련이다.

돈이 있지만 살 물건이 없다.

그러면 돈의 가치는 폭락하고 인플레이션은 심화된다.

실제로 지금 러시아는 인플레이션 중이다.

"주요 기업 몇 개만 망하면 사람들은 경계할 겁니다."

그리고 어떻게든 물건을 쌓아 두려고 사재기를 시작할 테니, 그때부터 물가가 미친 듯이 올라갈 것이다.

"하이퍼인플레이션."

그제야 빌리 행크는 노형진이 노리는 게 뭔지 알았다.

바로 러시아의 하이퍼인플레이션.

"체르덴코는 지금 서방에 한해서만큼은 거의 편집증적으로 눈이 돌아간 상태입니다."

그러니 자국의 기업이 서방으로 넘어가면 어떻게든 망하게 할 거다.

"백 개든 천 개든 망하게 할 겁니다."

그럴 힘이 있으니까.

그렇게 대량의 실직자가 발생한 상황에서 하이퍼인플레이션이 터져 나올 거다.

전 세계 어디에도 하이퍼인플레이션에서 멀쩡했던 나라는 없다.

"우리가 우크라이나에 수십 수백만 발의 포탄과 미사일을 준다고 해도 그걸 러시아에 쓸 수는 없죠."

하지만 그 수십 수백만 발의 포탄과 미사일을 살 돈으로 러시아의 기업을 사서 망하게 하면 러시아는 자본시장이 붕괴될 테고, 생존이 불투명해진 노동자들이 거리로 쏟아져 나올 거다.

　"솔직히 말하죠. 지금 러시아가 그 시위를 진압할 능력이 됩니까?"

　"……."

　물론 경찰력은 멀쩡하다.

　초반에는 가능할 거다, 초반에는.

　하지만 경찰이라고 해도 못 먹고 못사는 건 마찬가지.

　어느 순간 한계점이 오면 그때는 군을 투입해야 한다.

　"그런데 지금 러시아군은 어디 있죠?"

　당연히 우크라이나에 가 있다.

　모든 군대가 가 있는 건 아니지만 주력은 거기서 대부분 갈려 나갔다.

　"이미 기존 러시아군은 엄청나게 갈려 나갔습니다."

　그 바람에 지금 러시아에서는 자리를 메꾸기 위한 강제징집을 준비하고 있다.

　"강제징집까지 해서 우크라이나에 병력을 밀어 넣어야 하는데 내부에 그런 문제가 생기면 어떻게 되겠습니까?"

　"반란이 일어날지도 모르겠네요."

　"가능성이 높죠."

물론 군대라는 특성상 일어나지 않을 가능성도 높다.

그래도 징집된 후 적을 향해 총을 쏘는 것과 자국민을 향해 총을 쏘는 것은 전혀 다른 문제다.

"어제만 해도 알고 지내던 사람들, 특히 친구들과 가족들에게 총기를 들이밀 수 있는 사람은 별로 없죠."

일부가 시위대에 투항하거나 들어가는 순간 러시아는 대혼란에 휩싸일 거다.

총을 든 사람이 있으니 러시아군은 사격을 하지 않을 수가 없는데, 사격당한 불같은 러시아 남자들이 그걸 또 맞아 주기만 할 리도 없으니까.

"물론 이상적으로 굴러갔을 때의 이야기죠. 하지만 그게 아니라 해도 결국 러시아는 무너집니다."

설사 그렇게 되지 않는다고 해도, 기업 입장에서 살아남기 위해 직원을 자르는 건 당연한 거다.

결국 생존을 위한 투쟁이 시작되는 건 마찬가지다.

"그걸 막기 위해서 러시아가 쓸 수 있는 방법은 하나뿐입니다."

모든 기업의 국유화.

그걸 본 다른 나라의 기업들이 과연 러시아에 들어가려고 할까?

중국이 코델09바이러스 초창기에 마스크와 위생용품 회사를 모조리 국유화하는 바람에 그 후에 투자가 얼마나 빠져나

갔는지 아는 사람은 다 안다.

한 번 국유화를 강제로 한 나라는 두 번이든 세 번이든 그런 짓을 반복할 수 있기 때문이다.

"그리고 그러기 위해서는 조건이 필요합니다."

"한국이 중립이어야 한다는 거군요."

"맞습니다."

최소한 적성국으로는 분류되지 않아야 러시아에서 회사에 대한 거래 허가라도 받을 수 있다.

약간의 달러가 들어가겠지만 그건 중요치 않다.

"그마저도 막는 건 어려운 일이 아니죠."

"어려운 일이 아니라고요?"

"저희에게 망명에 대한 협상권을 주십시오."

"망명?"

"네. 망명 후에 돈을 유럽이나 미국 등지에서 받을 수 있게 해 주신다면……."

"아!"

그러면 기업인들은 어떻게 할까? 당연히 조건으로 망명을 달 거다.

지금 러시아에서는 경제제재 때문에 회사를 팔아도 돈을 받을 수는 없고, 어찌어찌 받는다고 해도 달러가 부족해서 죽으려고 하는 러시아가 그걸 두고 볼 리가 없다.

"100% 빼앗아 가겠지요."

하루가 다르게 가치가 하락하는 러시아 루블화를 주면서 말이다.

분명 1천만 달러를 받았는데 그게 루블화로 바뀌면서 200만 달러 가치로 떨어지는 걸 좋아할 사람은 없다.

심지어 지금은 200만 달러지만 나중에는 어디까지 떨어질지 모르는 상황이라면 더더욱 싫을 거다.

"방법은 간단하죠."

"제3국으로의 망명을 도와주겠다 이거군요."

"네."

현재 전 세계가 러시아가 돈을 가져가지 못하도록 봉쇄를 해 버렸다.

그렇게 한 이유는, 러시아가 그 돈으로 전쟁 무기를 사기 때문이다.

그리고 그 돈에는 민간 기업의 돈과 개인의 자산도 포함되어 있다.

하지만 기업인이 망명해서 해외로 가 버리면?

그 돈을 과연 러시아에 돌려 넣을까?

망명했다는 이유 하나만으로 돌아가는 순간 그는 처형 대상이다.

아니, 해외에 있어도 분명 암살자를 보내서 죽이려고 할 거다. 체르덴코는 그런 인간이니까.

당연히 망명한 사람은 러시아에 돈을 주지 않는다.

애초에 그럴 방법도 없거니와 자기가 살아야지, 미쳤다고 러시아 정부에 돈을 주겠는가?

그럴 돈이 있으면 차라리 자기 안전을 위해 경호원이나 빵빵하게 고용할 거다.

"어차피 러시아 정부에 빼앗길 거, 헐값에 파는 대신에 해외에서 떵떵거리면서 산다 이거군요."

"사업가들은 똑똑합니다."

이제 러시아의 미래가 어두우리라 예상하는 건 어렵지 않다.

하지만 이를 반대로 말하면, 지금 탈출만 할 수 있다면 앞으로 편하게 살 수 있다는 뜻이다.

"그리고 어차피 러시아에 다 빼앗기나 미국에서 새롭게 시작하나 마찬가지죠. 최소한 미국에서는 망명한 사람에게 방사능 홍차를 먹이지는 않으니까요."

"하긴, 그렇죠."

그러니 돈을 좀 적게 받더라도 안전하게 해외로 나가는 걸 선택할 거다.

"그러니 아마 원래 가격대로 주지 않는다 해도, 망명권 하나만 조건에 추가해도 너도나도 자기 기업을 팔겠다고 나설 겁니다."

"그렇겠군요. 러시아니까."

체르덴코 휘하에서 얼마나 많은 사장들이 의문사를 당했는가?

어제만 해도 웃으면서 퇴근했던 회장이 돌변해서 가족을 도끼로 찍어 죽이고 자살했다고 발표가 나오고, 다음 날 새로운 회장이 온다.

그런데 그런 회장이 한둘이 아니다.

러시아를 대표하는 거의 모든 기업들의 회장이 그런 식으로 목숨을 잃고 새로운 회장이 그 자리를 차지했다.

전쟁을 반대했거나 휴전을 권했거나 하다못해 뇌물이 체르덴코의 마음에 들지 않으면 그렇게 의문의 자살을 하게 되는 거다.

"아시겠지만 러시아는 이제 답이 없습니다."

수출길이 막혀 버린 사장에게 남은 방법은 세 가지다.

첫 번째, 망한다.

그런데 망하면 진짜 땡전 한 푼 남기지 못한 채로 길바닥에 나앉아야 한다.

해외로 나가면 되지 않냐고? 그럴 수 있다면 얼마나 좋겠는가.

"솔직히 뻔하죠. 안 그렇습니까?"

아마도 해외에 엄청난 금액을 빼돌려 놨을 거다.

하지만 그걸 이용할 수가 없다. 러시아에서 출국할 수가 없으니까.

두 번째, 체르덴코에게 죽는다.

이유는 알 수도 없고 알려 주지도 않는다. 그냥 어느 순간

소리 소문 없이 죽는다.

그리고 피땀 흘려서 키운 기업은 체르덴코의 최측근의 소유가 된다.

세 번째, 해외 기업에 팔고 망명한 다음에 그 대금으로 살아간다.

충분한 돈도 아닐 테고 부족한 것도 많겠지만, 최소한 기회는 잡을 수 있고 죽음의 공포에 부들부들 떨지 않아도 된다.

"그러면 장비는요?"

"당연히 넘겨야죠."

"어디로요?"

"중국으로요."

그 말에 빌리 행크는 눈을 찡그렸다.

지금 그걸 막겠다고 계획을 세웠던 것 아닌가?

그의 표정을 본 노형진이 피식 웃었다.

"중국이 아니라면 지금 러시아에서 수출 허가가 나겠습니까?"

"그거야 그렇습니다만."

"그리고 중국에 판다고 해서 다 끝나는 건 아니죠."

"아니라고요?"

"네. 중국에서 쓸 게 아니니까요."

중국에 그걸 팔면 아무리 러시아라 해도 반출을 허락할 수밖에 없다.

중국에서 수틀려 무기고 반도체고 제공하지 않으면 전쟁

은커녕 우라돌격밖에 못할 판국이니까.

"그러니까 중국을 통해 제3국에 넘기는 겁니다."

수준이 높고 그나마 쓸 만한 물건은 한국으로, 그 이하는 인도로. 너무 수준이 낮아 이제 선진국에서는 잘 쓰이지 않는 물건이라면 아프리카로 보내는 것도 불가능하진 않다.

"이도 저도 안 되면 그냥 고철로 처리하면 됩니다."

"아아~."

"그리고 중국 놈들이 지금 상황에서 러시아에 달러를 줄 것 같습니까?"

당연히 안 준다.

지금 중국은 대만전을 준비하면서 달러를 쟁여 두려고 혈안이 되어 있으니까.

심지어 미국을 견제하기 위해 사우디와 이제 달러만이 아니라 위안화로 결제하자고 협상하는 중이기까지 하다.

'뭐, 그렇게 되기는 쉽지 않지.'

사우디에서 관심을 보이기도 했고 친중 정책도 펼쳤지만, 실제로 그런 중국의 요구를 들어주지는 않는다.

그 이유는 과거에 사우디가 미국과 맺은 페트로 달러 협약 때문이다.

결제할 때 달러를 씀으로써 달러의 가치를 보존하는 대신에 사우디아라비아의 안전을 보장한다는 조약.

단순히 한국처럼 동맹 수준이 아니라 거의 미국 본토에 준

하는 수준으로 보호한다.

그렇기 때문에 누구도 사우디를 공격하지 못하고, 사우디는 군대가 그렇게 개판이어도 신경도 쓰지 않는 거다.

'페트로 달러 체제가 무너지면 협약도 사라지지.'

당장 옆에 있는 이란이 사우디를 몰락시키겠다고 눈을 벌겋게 뜨고 있는 상황이다.

물론 쉽지는 않겠지만, 미국은 어떨까?

페트로 달러 협약이 무너지면 미국은 망한다. 그것도 100%.

미국이 엄청난 재정 적자를 안고도 버티는 이유.

그리고 전 세계 패권국이 될 수 있는 이유가 바로 페트로 달러 협약이다.

만일 페트로 달러 협약이 무너지면 달러를 가진 사람들은 그 가치를 보전하기 위해 폭락 전에 다른 화폐로 환전하려 들 테고, 국제 공용화로 통하던 달러가 그렇게 몽땅 본국으로 들어오면 역으로 미국에 하이퍼, 아니 울트라 인플레이션이 올 거다.

그때는 미국이 망한다.

과연 그때도 미국이 '우리가 사우디에 너무했구나.'라고 생각할까, 아니면 넘치는 무기를 기반으로 사우디 왕가를 융단폭격 할까?

'미국은 착하지 않지.'

미국은 그저 자기가 패권을 쥐고 있는 현시대가 마음에 들 뿐이다.

그런데 단순히 패권에 대한 도전을 넘어서 망하게 하는 나라?

사우디가 아니라 전 세계를 상대로라도 무기를 들이밀 거다.

그리고 나토와 친서방국가들 역시 거기에 동참할 거다. 유전을 찢어 먹고 싶을 테니까.

과연 그때 중국이 전 세계를 대상으로 전면전을 치르면서 사우디를 지켜 주려고 할까?

중국의 성향을 보면 같이 찢어 먹으면 찢어 먹었지 절대로 사우디 왕가를 지켜 주지는 않을 거다.

그럴 리가 없다.

즉, 페트로 달러를 깨려고 하는 것 자체가 쇼다. '우리한테 좀 더 잘해라.'라는 뜻이다.

"중국이 달러를 줘도 어차피 해외에서 못 씁니다."

왜냐하면 러시아는 국제은행 시스템에서 퇴출되었으니까.

즉, 위안화로 거래할 거다.

하지만 위안화는 국제적으로 분명 한계가 있다.

"그런 식으로 러시아를 내부에서부터 약화시켜 무너트려야 합니다."

그 말에 빌리 행크는 뭔가 생각이 많은 눈빛이었다.

지금까지 수많은 계획을 세우고 회의를 하며 러시아를 항복시킬 방법을 찾았지만 이것처럼 확실하게 타격을 줄 방법은 없었으니까.

심지어 이건 불법도 아닌 합법이다.

그리고 계획대로라면 러시아 경제는 사실상 적성국인 중국이 아니라 서방에 종속되는 형태가 된다.

"그 조건이 한국의 중립이라 이겁니까?"

"네, 맞습니다. 그래야 한국이 러시아에서 활동할 수 있죠."

"흠."

빌리 행크는 그 말에 자리에서 일어났다.

"나중에 연락드리죠."

"기다리겠습니다."

노형진은 고개를 끄덕거렸고, 빌리 행크는 서둘러서 그곳을 떠났다.

"자, 이제 기다리는 일만 남았군."

노형진은 서두르는 그의 모습을 보면서 싱글벙글 웃었다.

⚖️

한국으로 가는 비행기 안.

송정한은 신문을 보고 있었다.

그런데 그 신문의 헤드라인은 사람들의 예상과는 완전히 달랐다.

빌 웨이든 미국 대통령, 한국의 중립적인 입장을 이해. 무기 및
포탄 요구는 금시초문

얼마 전까지만 해도 어떻게든 무기와 포탄을 뜯어내려고
하던 미국이지만 빌리 행크가 노형진과 만남을 가진 후에 돌
변했다.

물론 그 전략을 제대로 쓸지는 아직 회의가 이루어져야겠
지만, 한 가지는 확실했다.

최소한 당장 포탄을 넘겨받아 그 가능성 자체를 막아 버리
지는 않겠다는 거다.

"허, 그렇잖아도 이 문제로 머리 좀 아플 거라 생각했는데
자네 덕분에 살았네."

"별말씀을요. 나토 쪽과는 어떻게, 이야기해 보셨습니까?"

"일단 발트3국의 대사들을 초청해서 이야기해 봤네. 예상
대로 많은 돈을 제시하지는 못하더군."

"그럴 겁니다. 부자 나라도 아니고 상황이 급하니까."

"하지만 그래도 105밀리 차륜형 자주포에 관심이 많아."

"포병은 전장의 신. 스탈린이 한 말이죠. 그리고 그게 틀
린 말은 아니니까요."

그게 틀린 말은 아니다.

아무리 105밀리 포가 한국에서는 도태 장비를 재활용하는
물건이 되었다곤 해도 전 세계적으로는 여전히 주력 장비 중

하나다.

한국의 군사력이 어마어마한 거다.

"그리고 105밀리라고 해서 쏴도 안 맞는 것도 아니고."

쏘고 빠지고 쏘고 빠지고 하면서 시간만 끌어도 러시아군
의 공격을 늦출 수 있다.

포탄이 떨어지는데 돌격하는 멍청이는 없을 테니까.

"우크라이나에서 배운 것도 있을 테고요."

"버티면 지원이 온다 이건가?"

"맞습니다."

러시아-우크라이나 전쟁이 터지자 다들 우크라이나가 2주
안에 함락될 거라 생각했다. 어쩌면 1주도 버티기 힘들 거라
생각하는 사람도 있었다.

하지만 그들은 버텼고, 그사이 서방의 지원이 시작되었다.

"발트3국이 지형적으로 아무리 불리해도 2주만 버티면 서
방의 지원이 도착할 수밖에 없습니다."

지형적으로 불리하다는 이유로 조약국을 포기하면 나토는
와해되니까.

발트3국이 위험한 건 지원이 도착할 때까지 버틸 힘이 없
기 때문이지, 버틸 수 있다면 이야기는 달라진다.

"자네 덕분에 괜찮아졌어. 러시아가 영 마음에 안 들지만."

"솔직히 좋을 수가 없죠."

한국의 주요 수출국이라고 해도, 그리고 한국이 나름 중립

을 지킨다고 해도 러시아가 침략국인 건 사실이다.

국가의 이득과는 별개의 문제로, 개인적인 감정은 좋을 수가 없다.

"그래도 개인의 감정으로 정치를 하면 안 되죠."

"그건 그렇지."

대한민국 대통령의 어깨에는 전 국민의 목숨이 올라가 있다. 개인적인 감정으로 정치하는 사람은 대통령을 해서는 안 된다.

"그나저나 자네는 들어가자마자 러시아로 향한다고?"

"네. 아마 미국에서 제 계획을 승인할 테니까 미리 준비를 해야지요."

"그래서 어디를 사려고 생각 중인가?"

"그렇잖아도 사고 싶은 곳이 하나 있습니다."

"어딘데?"

"레드그룹요."

"레드그룹? 잠깐, 거긴 체르덴코에게 충성하는 민간 군사기업이잖아?"

"그렇죠."

"그걸 팔겠나?"

"안 팔겠죠."

절대로 안 판다.

더군다나 지금 레드그룹은 우크라이나 침략의 최전선에서

싸우고 있다.

"그런데 중요한 건 그게 아니죠."

노형진은 씩 하고 웃었다.

"중요한 건, 체르덴코가 딱히 그쪽을 믿지 않는다는 거거든요."

"그래서?"

"그러니까 그걸 살짝 자극할 겁니다."

그리고 그들 내부에 분란을 야기할 거다.

"아마 재미있을 겁니다, 후후후."

돈으로 못 사는 것

　레드그룹. 체르덴코의 최측근인 유리 가로프가 이끄는 민간 군사 기업이다.

　체르덴코는 똑똑한 인간이다. 그는 권력을 나눠야 충성 경쟁을 한다는 사실을 알고 있었다.

　그리고 동시에 언제나 암살과 쿠데타에 대해 의심하고 경계하는 편집증적인 부분도 가지고 있었다.

　그랬기에 체르덴코는 최측근인 유리 가로프에게 최악의 경우 친위대 노릇을 할 민간 군사 기업을 만들도록 지시했는데, 그게 바로 레드그룹이다.

　황당하게도 레드그룹은 러시아군보다 장비도, 전투력도, 훈련양도 훨씬 좋았고 심지어 아프리카 등지에서 실전을 겪기도 했다.

그러나 그런 레드그룹은 현재 위기였다.

그도 그럴 게, 러시아군이 졸전하면서 체르덴코가 레드그룹에 주공을 맡겼기 때문이다.

문제는 레드그룹이 아무리 경험이 많다고 해도 아프리카의 가난한 나라에서 소수의 반군을 제압한 수준이라, 전면전에서 사실상 요새화되어 있는 우크라이나의 대도시들을 대상으로 쓸 만한 전술에 대해서는 전혀 아는 바가 없다는 거다.

결국 그들도 선택할 수 있는 건 단 하나, 바로 인력 갈아 넣기였다.

초반에 어떻게든 밀고 들어가면서 도시를 제압하려고 했지만 그게 제대로 될 리가 없었고, 결과적으로 기존 훈련된 병력은 대부분 갈려 나간 그런 상황이었다.

그렇게 머리가 아파 죽을 것 같은 상황에 노형진이 나타나자 유리 가로프는 피하고 싶었지만 그럴 수도 없었다.

노형진은 전 세계에서 가장 강력한 권력을 가진 사람 중 한 명이고, 서방의 제재를 받는 현 상황에서 한국의 중립적 입장은 러시아에는 꽤 반가운 소리였으니까.

"반갑습니다. 노형진이라고 합니다."

"유리 가로프요. 뭐, 길게 말하지는 맙시다. 왜 찾아온 거요?"

'상당히 단도직입적이네. 하긴, 이해가 가기는 해.'

유리 가로프는 정치인도, 군인도 아니다. 황당하게도 운동

선수 출신이다.

현 대통령인 체르덴코가 운동하던 시절 만난 사이로, 그때부터 그에게 충성을 다 바치고 있다.

'그래서 좀…… 무식하지.'

그럴 수밖에 없는 게, 그가 체르덴코를 만난 건 구소련 시절이니까.

그리고 구소련은 철저하게 엘리트 체육을 하던 나라다.

심지어 유전적으로 좋은 선수를 얻기 위해 좋은 선수들끼리 강제로 결혼시켜 그 자녀에게 운동을 시킬 만큼 말이다.

당연히 오로지 운동만 시켰다.

한국도 과거에 그런 시절이 있었는데 그 시작이 소련이었을 정도다.

당연히 성격이 급하고 무식하며 컨트롤이라는 게 어려운 타입이다.

하지만 그런 성격이 체르덴코의 마음에 들었고 지금은 유리 가로프를 최측근으로 두고 있는 거다.

'이런 타입은 돌려 말해 봐야 사실 의미가 없지.'

아예 알아들어 처먹지 못할 테니까.

그리고 이 만남을 듣고 있는 누군가에게도 말이다.

"화끈하시군요. 좋습니다. 그러면 단도직입적으로 말하지요. 레드그룹을 사고 싶습니다."

"뭐라고?"

처음에 그 말을, 유리 가로프는 이해하지 못한 듯 되물었다.

"귀하가 소유하고 있는 레드그룹을 사고 싶습니다."

"미쳤나?"

"멀쩡합니다만."

"멀쩡한데 내 회사를 사겠다고?"

"네, 맞습니다. 그거죠, 회사. 회사는 돈이 되죠. 하물며 실적을 올리고 있는 기업이라면, 그것도 고정 소비처가 있는 기업이라면 탐이 날 만하죠."

틀린 말은 아니다.

지금 레드그룹은 우크라이나 전쟁에서 신나게 갈려 나가고 있고 또 그만큼 돈을 받고 있으니까.

러시아군과 레드그룹의 사이가 안 좋은 이유도 바로 그거다.

레드그룹은 사실상 체르덴코의 친위대다.

그렇다 보니 국방비로 들어가야 하는 많은 돈이 레드그룹에 들어가면서, 자연스럽게 러시아군은 약화되고 레드그룹은 강화되었다.

군이 나뉜 나라에서 공통되게 발생하는 일이다.

당연히 이 레드그룹의 실질적인 주인은 유리 가로프가 아닌 체르덴코다.

그런데 그런 레드그룹을 팔라니.

"헛소리! 미쳤군. 여기까지 와서 한다는 소리가 뭐? 레드그룹을 팔아?"

유리 가로프는 펄쩍 뛰었다.

당연하다. 그런 짓을 했다가는 유리 가로프가 그 어디에 있든 체르덴코가 죽여 버릴 테니까.

하지만 노형진은 눈도 꿈쩍하지 않고 더더욱 몰아붙였다.

"저희 아레스 밀리터리 그룹은 전 세계에서 실전적 임무를 가장 많이 하는 곳 중 하나입니다. 전 세계 반군들과 싸우고 전 세계에서 경호 업무를 하고 있죠."

치안이 불안정한 나라에서 안전 마을이 자리를 잡을 때까지 경호 업무를 하거나, 세계복지재단이 재건을 돕거나 식량을 나르려고 할 때 무장하고 호위하기도 한다.

유엔군은 약탈자가 오면 싸우기보다는 그냥 물자를 주고 돌려보내려고 하기에, 세계복지재단 말고도 전 세계 많은 곳들이 슬슬 아레스 밀리터리 그룹에 일을 맡기고 있는 상황이다.

"그래서 저희는 사람이 부족합니다. 언제나요."

그간 대부분의 민간 군사 기업은 미국 또는 유럽 계통이었다.

하지만 아레스 밀리터리 그룹은 아프리카와 동양계 위주의 구성.

그간 민간 군사 기업이 필요했지만 미국에 거부감을 가지고 있거나 또는 비싼 가격 때문에 못 쓰던 곳들은 죄다 아레스 밀리터리 그룹으로 몰려들기 시작했다.

당장 아프리카만 해도 반군과 전쟁이 한창이지 않던가?

말만 그렇지 사실상 진짜 반군이라고 할 수도 없는 집단들.

진짜 반군과의 내전이라면 아레스라고 해도 끼어들지 않는다.

그건 그 나라의 내정 문제니까.

하지만 반군이라 자칭하면서 강도질하고 다니는 집단이 아프리카에만 수백 곳이 넘는다.

"그래서 레드그룹을 인수하겠다 이겁니까?"

"그렇습니다. 멋진 회사니까요."

레드그룹은 인건비도 싸고 장비도 좋고 거기다가 결정적으로 실전 경험까지 있는 인력을 다수 보유한 회사다.

멀쩡한 상황이라면 나쁘지 않은 선택이다.

'멀쩡한 상황이라면 말이지.'

하지만 멀쩡하지 않은 상황에는 관심도 없다.

"거절하겠습니다."

그룹 내 전투 병력이 당장 전선에서 죄다 갈려 나가는 판국에 가치가 얼마나 있겠는가?

더군다나 레드그룹은 체르덴코 소유다.

"뭐, 천천히 생각해 보세요. 당분간은 러시아에 있을 예정입니다."

"뭐라고요?"

"한국에서는 러시아의 상황을 안타깝게 생각하고 있습니다. 그 때문에 러시아의 기업들을 인수해서 도울까 생각 중입니다."

"기업을 인수한다고요?"

"네."

그렇잖아도 많은 기업들이 망해서 취업률이 바닥을 찍고 있는 상황.

그런 상황에서 기업을 인수한다니?

"아, 그리고."

일어나서 밖으로 나가려던 노형진이 몸을 돌리더니 말했다.

"가능하면 전투 병력은 보전해 주세요."

"뭐요?"

"그래야 저희가 값어치를 더 높이 쳐드릴 수 있지 않겠습니까? 지금처럼 인원을 갈아 넣으면 가격이 더 떨어질 겁니다. 저희는 레드그룹의 인원이 필요한 거지 레드그룹이라는 타이틀이 필요한 게 아니라서요."

그 말에 유리 가로프는 짜증 난다는 듯 눈을 찡그렸다.

하지만 그는 모를 것이다, 이 말이 자신이 아닌 체르덴코에게 하는 말이라는 걸.

⚖

"그러니까 마이스터에서 한국을 통해 우리 러시아 기업들을 산다 이건가?"

"그럴 거라 생각됩니다. 실제로 다수의 기업들에 접근해서 인수 의사를 타진하고 있습니다."

체르덴코는 편집증적인 사람이다. 독재자이며 동시에 누구도 믿지 않는다.

그 때문에 최측근인 유리 가로프도 감시해 왔다.

그가 유리 가로프를 신임하는 이유는 간단하다. 그가 능력이 있어서가 아니라, 무식해서 배신의 가능성이 적기 때문이다.

군대가 아니라 기업의 형태로 자신의 친위대를 구성한 이유가 뭔가?

군대는 권력이다. 그리고 자신이 위험하다고 생각하면 쿠데타를 일으킬 수도 있다.

하지만 기업은 아니다.

기업은 여차하면 그냥 회장 모가지를 따 버리고 대가리만 바꾸면 된다.

이미 수십 수백 번 해 본 일이다.

"무슨 속셈이지?"

체르덴코는 이해가 가지 않았다.

마이스터가 자신들과 정치적 문제로 대대적으로 충돌한 후 러시아에서 모든 사업을 팔고 철수한 게 불과 몇 년 전 일이다.

그런데 이제 와서 러시아 기업을 인수하겠다니?

"아무래도 지금이 기회라고 생각하겠지요. 아시겠지만 지금 러시아 기업들의 상황이 좋지 않습니다."

"끄응……."

그건 사실이다.

수출도, 원자재 수입도 막혀 있으니까.

그나마 원자재는 어느 정도 수급할 수 있는 상황이고 그러지 못하는 건 중국과 인도를 통해 우회 수입을 하고 있다지만, 수출이 막힌 것은 제법 심각한 타격이다.

"그러니까 지금 싼 가격에 우리 기업을 인수하겠다는 속셈 아니겠습니까?"

"그런가?"

"마이스터는 똑똑한 놈들입니다. 그들은 언제나 몇 수 앞을 내다보고 행동했습니다. 그리고 이번 군사작전이 끝나면 서방은 우리 러시아에 고개를 숙일 수밖에 없습니다."

"그건 그렇겠지."

체르덴코와 러시아는 그렇게 확신하고 있었다.

서방이란 그런 놈들이다. 입으로는 평화와 인권을 이야기하지만 언제나 이권이 우선인 놈들.

앞에서는 경제제재를 하면서도 뒤로는 중국과 인도를 통해 우회 수입을 하는 게 서방 놈들이다.

"전쟁, 아니 특별 군사작전이 끝나면 말이지."

그러면서도 체르덴코는 표정이 밝지 않았다.

그도 그럴 게, 원래 계획은 경제력이 아니라 군사력으로 압살하는 것이었기 때문이다.

구소련의 영토를 회복하고 강철의 전차 군단을 이용해 유럽을 발아래에 두는 것.

그런 걸 꿈꿨는데, 뚜껑을 열어 보니 쉽지가 않았다.

군 내부가 부패한 거야 알고 있었지만 설마 서방의 지원을 받는 우크라이나 하나 꺾지 못해서 기갑이고 인원이고 싹 다 갈려 나갈 줄이야 누가 알았겠는가?

체르넨코는 독재자이지만 바보는 아니다. 이제 군사력으로 서방을 위협하는 건 불가능하다.

하물며 지금 나토는 이번 전쟁으로 군사력을 제대로 올리겠다는데 이길 수 있겠는가?

이번 일로 타격이 커서 러시아가 과거의 군사력을 되찾는 데에는 최소한 15년 이상 걸릴 거라 예상되고 있고, 그때쯤이면 러시아는 절대로 나토를 발아래에 둘 수 없다.

나토의 재무장이 끝난 시점일 테니까.

"멍청한 장군 놈들. 적당히 해 처먹었어야지."

전 세계에서 군 비리로 고생하지 않는 나라가 없다지만 해도 해도 너무했다.

당장 한국도 군납 비리로 인해 품질이 조악하다 못해 쓸 수도 없는 수준의 물건이 공급되고 있지만, 러시아는 아예 물건을 만들 공장이 정말로 있는지를 고민해야 하는 수준이다.

분명 군납품을 받기로 하고 돈까지 지급했는데 현장에 가 보면 아무것도 없는 허허벌판인 경우가 한두 번인가?

"막아야 하나?"

"안 됩니다. 물론 막으려고 하면 막을 수야 있겠지만……."

"그렇지만?"

"현실적으로 보면 좋은 생각이 아닙니다. 우리는 달러가 필요합니다."

"끄응."

국제은행권에서 퇴출되었다지만 달러는 필요하다. 채권은 기본적으로 달러로 갚게 되어 있으니까.

지금이야 러시아의 루블화로 갚겠다고 생떼를 쓰고 있지만 그게 통할 가능성은 별로 없다.

"아시겠지만 루블화로 갚으면 그때는 하이퍼인플레이션이 올 겁니다."

루블화로 갚으면 그 돈을 받은 사람은 러시아에서 가치가 있는 물건으로 바꾸려고 할 거다.

하루가 멀다 하고 가치가 변하는 루블화니까.

더군다나 전쟁, 아니 특별 군사작전 중인 상황에서는 가치가 고정될 수가 없다.

당연히 러시아 내부에서 달러로 빼 갈 수는 없으니 루블화를 대가로 자원 같은 현물을 가져갈 텐데, 그렇게 몰려든 어마어마한 돈이 러시아에 뿌려지면 인플레이션이 미친 듯이 발생할 거다.

"얼마가 되었든 우리는 달러가 필요합니다."

"끄응."

"그리고 다른 이유도 있습니다."

"다른 이유?"

"중국이 요즘 선을 넘습니다."

"하긴, 샹량핑이 요즘 아주 간땡이가 부었더군."

"지금 중국의 기업들이 우리 러시아의 기업들을 사냥하고 있습니다."

중국이 없었다면 러시아는 이번 전쟁에서 이미 오래전에 항복해야 했을지도 모른다.

반도체도, 필요 부품도 부족하니까.

당장 포탄도 부족하고 무기도 부족한 상황이다.

미사일을 쏴야 하는데 미사일을 만들 반도체가 부족하니까.

중국제 반도체는 성능이 떨어지지만 그래도 못 쓸 정도는 아니다.

문제는 그걸 알고 있는 중국이 똥배짱을 부린다는 것.

"보고서를 보니 반도체의 불량률이 40%에 육박한다지?"

"정확하게는 36.8%입니다."

"개 같은 중국 놈들."

반도체가 아무리 정밀 공정이라고 해도, 그리고 제작이 힘들다고 해도 이 정도로 불량률이 높지는 않다.

보통 불량률 3% 정도가 일반적이고, 수출하기 전에 검수를 통해 그마저도 걸러 내려고 한다.

그 때문에 일반적인 수출품의 불량률은 0.1%에서 0.3% 내외다.

실수로 걸러 내지 못하거나 운송 및 보관 과정에서 문제가 생기는 것까지 감안하면 어쩔 수 없는 일이다.

"그런데 그 정도면 그냥 대놓고 대충 만들고 있다는 소리입니다."

심지어 검수조차 하지 않는다는 뜻이다.

안다, 그런 중국산 반도체라도 사지 않으면 러시아는 미사일은커녕 디지털시계 하나 만들지 못할 정도로 상황이 안 좋다는 걸.

"얼마 전에도 샹량핑이 무슨 짓을 했는지 아시지 않습니까?"

그 말에 체르덴코의 입에서 까드득 소리가 나왔다.

"개 같은 샹량핑."

얼마 전 체르덴코와 샹량핑은 정상회담을 했다. 그리고 체르덴코는 그곳에서 굴욕을 당했다.

사실 체르덴코에게는 체르덴코 타임이라는 버릇, 아니 전략이 있다.

간단하게 말해서, 무조건 상대방보다 늦게 회담장에 들어간다.

일반적으로는 10분, 길게는 30분 늦게 들어감으로써 상대방보다 자신이 더 우월한 위치에 있다고 어필하는 거다.

그런데 이번에는 자신이 그 꼴을 당했다.

자신이 도착하고도 무려 30분이나 지난 후에야 상량핑이 도착했다.

자신이 체르덴코보다 우월한 지위에 있다는 걸 어필한 거다.

"망할 중국 놈."

반미의 기치 아래 모여 있고, 그래서 동맹할 수밖에 없었지만 동시에 가장 믿을 수 없는 게 바로 중국 놈들이다.

러시아에서 신기술을 빼내기 위해 동맹이고 뭐고 신경 쓰지 않고 미친 듯이 해킹하는 게 중국 놈들 아닌가?

"그놈들이 러시아의 기업들을 모조리 빨아먹으면 기술적으로 우리를 압도할 가능성도 있습니다."

"뭐라고? 고작 중국 놈들이 그럴 거라고?"

"그들이 기술 발전에 투자하는 돈이 한두 푼이 아닙니다, 각하."

그저 원천 기술이 없어서 더딜 뿐이다.

하지만 러시아의 기업을 인수하여 원천 기술을 확보하고 나면 그다음부터는 이야기가 달라진다.

"우리 물건들을 데드카피나 하던 놈들이……."

그러나 이제는 무시할 수도 없는 상황이다. 러시아의 숨통이 되어 버렸으니까.

"그러면 어쩐다?"

"넘기는 겁니다."

"뭐라고? 설마 기업을 한국에 넘기자 이건가?"

"네. 기업을 한국, 아니 마이스터에 넘기고 망하게 하는 건 어떨까요?"

"망하게 한다?"

두 사람은 진지하게 대화를 나누고 있었지만, 설마하니 노형진이 그걸 예상하고 있을 거라 생각하지는 못했다.

"마이스터는 우리에게 창피를 줬습니다. 그리고 알게 모르게 우리의 특별 군사작전을 방해하고 있지요."

"그렇지."

당장 이번 군사작전에서 가장 골치 아픈 대상인 무인 터릿만 해도 마이스터와 한국에서 개발한 물건이다.

도심에 박아 두면 해결 방법은 병력을 투입해서 건물을 하나하나 수색하든가 아니면 포격으로 건물을 몽땅 부수는 수밖에 없는데, 그로 인한 재산적 그리고 인적 피해는 엄청났다.

건물마다 보이지 않는 부비트랩이 얼마나 많은지 머리가 깨질 지경이었다.

특히 내부 계단에 설치하는 신형 적외선 지뢰는 악몽 그 자체였다.

걸리면 터지는 거야 알고 있지만, 감지 장치와 폭발 장치가 구분되어 있고 선두가 감지되면 소대나 분대의 중간에서 터지도록 설치되어 있다 보니 돌입도 하기 전에 십수 명이 갈려 나가는 일이 너무 많아 부대가 적을 보지도 못하는 상황이 반복되고 있었다.

"그러니 이번에 타격을 주도록 하시죠."

"망하게 함으로써 금전적 타격을 주자 이거야?"

"그렇습니다. 서방 기업들은 모든 것에서 돈이 우선 아닙니까?"

"그건 그렇지."

그 말에 체르덴코는 흡족한 얼굴이 되었다.

드디어 자신에게 창피를 준 마이스터에 복수할 방법이 생겼다고 말이다.

"러시아에서 그런 결정을 할 거라 확신하십니까?"

러시아가 아무리 노력해도 스파이를 막을 수는 없다. 어떤 나라든 그렇다.

당연하게도 러시아에는 미국 스파이가 있다.

물론 신분도 비밀이고 존재도 비밀이다.

지금 이 순간에도 얼굴을 가리고 마스크를 쓰고 있다.

어차피 코델09바이러스가 여전히 기승인 상황이니 그것 때문에 뭐라고 할 사람도 없고 말이다.

"미 정부의 의견을 전달하러 온 것치고는 질문이 많으시네요?"

"확답을 드리기 전에 확인하는 과정일 뿐입니다."

남자의 목소리에 노형진은 고개를 끄덕거렸다.

"그런 결정을 할 겁니다. 그리고 그때도 말씀드렸지만, 안 하면 우리가 망하게 하면 그만이고요."

"어째서죠?"

"독재국가가 국민들을 생각하는 거 보셨습니까?"

"하긴, 그건 그렇군요."

독재국가는 국민들을 생각하지 않는다.

물론 외부적으로는 국민이 어쩌고 조국이 어쩌고 하면서 온갖 핑계를 대지만 결과적으로는 가진 자들, 특히 독재자의 성공과 부가 최우선이다.

"러시아는 더 그렇지요."

러시아는 그렇잖아도 인명 경시가 심한 나라다.

중국과 러시아의 인명 경시가 얼마나 심한지 아는 사람은 다 안다.

"이미 어느 정도 정보가 들어왔을 텐데요?"

무기가 부족해서 제대로 무장도 못 한 알보병을 시가전에 밀어 넣고 있다.

그로 인한 피해에는 눈도 깜짝하지 않는다.

만일 인명을, 그리고 미래를 생각하는 정권이라면 그런 짓을 하지 못한다.

"알겠습니다."

남자는 확신에 찬 노형진의 말에 고개를 끄덕거렸다. 그러고는 단호하게 이야기를 시작했다.

"손실 비용은 저희 쪽에서 어느 정도 부담해 드린다고 합니다."

"그래서 어느 정도요?"

"그건……."

대략적으로 이야기를 끝낸 남자는 자리에서 일어났다.

"이제 저는 이만 출국해야겠군요."

아무리 지금까지 조용히 있던 사람이라 해도 노형진과 접촉한 이상 러시아에서 감시가 붙을 건 당연한 일.

스파이로서 이제 가치가 상실되었으니 돌아갈 시간이었다.

"좋습니다. 그러면 들어가세요."

노형진도 그가 나가는 걸 말리지 않았다.

그 대신에 자신의 가방이 놓인 곳으로 가서 서류를 꺼내 들었다.

"자, 어디를 사야 잘 샀다고 소문이 날까?"

노형진은 씩 웃으며 나지막이 중얼거렸다.

⚖️

노형진이 생각한 기업들은 여러 가지가 있다. 하지만 조건이 몇 개 있었다.

첫 번째, 인원이 많을 것.

사람이 많이 해직될수록 러시아가 받는 충격도 클 테니까.

두 번째, 가격이 쌀 것.

그래야 더 많은 기업을 살 수 있으니까.

세 번째, 전문 기술이 필요 없을 것.

직원의 전문 기술이 필수적인 업종의 경우 퇴직한 직원은 자신이 원하는 자리로 옮겨 가기 쉬우니까.

하지만 진입 장벽이 낮은 경우에는 그렇잖아도 일자리가 부족한 상황에서 외부 인원이 진입하기 더더욱 쉬워질 테니까 당연히 갈 곳도 없다.

네 번째, 현지에 영향력이 큰 회사일 것.

유명한 회사가 망하는 것만큼 사회에 이슈가 되는 건 없다. 러시아 정부에서 쉬쉬한다고 해도 갑자기 큰 회사가 가라앉는 걸 감출 수는 없다.

이런저런 조건을 맞추다 보니 노형진의 눈에 들어온 회사는 다름 아닌 스보르니크 건설이라는 곳이었다.

스보르니크 건설.

스보르니크는 집이라는 뜻으로 남성 명사다.

아주 단순하게 봐도 집 짓는 건설사라고 표현하기 좋은 이름.

그리고 스보르니크는 지금 망하기 직전이다.

당연하다.

건설을 하기 위해서는 돈이 필요하다. 하지만 돈이 없다.

해외에서 조달할 수도 없고, 해외에서 필요한 물품을 사 올 수도 없다. 콘크리트, 철강 등등 온갖 재료가 필요한 게 바로 건설이다.

물론 러시아 내부에도 콘크리트나 철강 회사는 있다.

하지만 그걸로 문제가 해결되는 것은 아니다.

배관도 깔아야 하고 인테리어도 해야 하니까.

건설사가 해외에서 수입하는 게 얼마나 많은지 아는 사람은 안다.

설사 재료 수급 문제가 아니라고 해도 모든 자금이 전쟁터로 들어가고 있는 동안에는 건설사는 진짜로 할 게 없다.

전면전이 벌어져 물건이 모조리 부서지고 재건하는 상황이라면 모를까, 현시점에 그런 여력이 있을 리가 없다.

더군다나 지금 박살 나는 동네는 우크라이나지 러시아가 아니다.

당연히 러시아는 재건으로 인한 수익 창출 가능성조차도 없다.

그렇다 보니 스보르니크는 진짜로 망하기 직전이었다.

그리고 스보르니크의 대표인 알렉산더는 노형진의 제안을 심각하게 고민 중이었다.

"그러니까 고작 300만 달러를 준단 말입니까?"

노형진이 묵고 있는 호텔 안. 그곳에서 첫 만남이 이루어지고 있었다.

"그 정도면 적당할 거라 생각합니다만."

"저희 회사의 규모를 아실 텐데요?"

"알죠."

스보르니크는 절대로 작은 회사가 아니다.

러시아 전역에서 아파트와 대형 건물을 올리던 곳이었다.

"저희, 한때 시가총액이 5천만 달러였습니다."

한때 한화로 650억이던 곳을 고작 40억 정도에 사겠다는 말에 알렉산더는 기가 막혀서 말이 안 나왔다.

"한때 그랬죠. 하지만 세상이란 게 그런 곳 아닙니까? 요들러가 한때 얼마였죠?"

"그……."

한때 전 세계 포털 1위였던 요들러는 이제 한물간 퇴물을 넘어서 아예 젊은 세대는 전혀 모르는 기업이 되어 버렸다.

점유율만 믿고 아무것도 하지 않은 채 그저 빨아먹기만 하다가 결국 다른 곳에 넘어가 버린 것이다.

"결국 가치는 과거가 아니라 현재와 미래에서 나옵니다. 그런데 스보르니크의 현재와 미래는 어떻지요?"

"크윽."

당연히 파멸뿐이다.

당장 아파트가 있으면 뭐 하나, 대부분 짓다가 망하는 상황이고 그 돈을 회수할 방법은 없다.

"그래도 그 조건으로는 못 팝니다."

"그러면 어쩔 수 없죠. 그나저나 홍차 좋아하십니까?"

노형진의 말을 알아들은 알렉산더는 흠칫했다.

'그렇겠지.'

최근 전쟁이 힘들어지면서 일부 사업가들이 체르덴코에게 반기를 들기는 했다.

아니, 사실 반기를 든 것도 아니다. 살짝 의견을 제시한 것뿐이다.

그런데 얼마 후에 갑자기 온 가족을 끔살 하고 자살하는 사업가가 늘었다.

그것도 단 몇 달 사이에 십수 명이 그런 식으로 죽어 나갔다.

알렉산더는 의견을 별도로 개진하지 않았기에 살아남았을 뿐이다.

"요즘 대기업 대표들 변동이 엄청 심하던데요. 안 그렇습 니까?"

알렉산더는 그 말에 똥 씹은 얼굴이 되었다.

농담이 아니다. 자신도 언제 죽을지 모른다.

스보르니크는 러시아에서 알아주는 건설 업체는 아니지만 그래도 나름 중견은 되는 곳이다. 그리고 돈이 되는 곳이라서, 실제로 위에서 압력도 엄청나게 많이 온다.

"그리고 조만간 망하고 나면 남는 것도 없으실 텐데요."

그 말에 알렉산더는 아무런 말도 못 했다. 그게 사실이니까.

기업을 쥐고 있으면 이제 생존이 문제가 되는 시대. 그랬 기에 고민할 수밖에 없었다.

그 모습을 본 노형진은 슬슬 떡밥을 던졌다.

"물론 약간의 혜택을 드릴 수는 있습니다."

"약간의 혜택?"

"돈을 러시아가 아닌 다른 곳에서 받을 수 있게 도와드리죠."

"그게 무슨 말입니까?"

"망명을 주선해 드리겠다는 말입니다."

그 말에 알렉산더의 눈에 공포가 서렸다. 그러고는 다급하게 주변을 두리번거렸다.

당연했다. 이걸 위에서 알면…….

"걱정 마세요. 여기에는 아무것도 없으니까."

"다…… 당신, 정부에서 온 거 아니야?"

"그럴 리가 있습니까? 저는 한국에서 왔습니다만. 제 얼굴은 인터넷에도 나와 있습니다."

"그런데 왜 나한테 망명을 이야기하는 거지?"

"딱히 이유는 없습니다."

노형진은 어깨를 으쓱하며 말했다.

"모든 것은 체르덴코를 위해서. 그게 러시아의 상황 아닙니까?"

"……."

"이해합니다. 쉽게 결정 못 하겠죠. 하지만 여기서 망해서 길바닥에 나앉으나 죽나, 결과는 마찬가지일 텐데요?"

노형진은 다 안다는 듯 말했다.

"스보르니크가 망하면 과연 위에서 당신을 살려 둘까요?"

"뭐?"

"아시잖습니까, 단순히 망한다고 끝이 아니라는 거."

노형진은 독재국가에 대해 잘 안다.

너무 잘 알아서, 그들이 뭔 짓을 하려고 하는지 예상하는 게 어렵지 않았다.

한국이 그랬고 다른 나라들도 그런 상황이니까.

"기업이 망하면 누군가는 책임져야 하죠. 그런데 솔직히 말해서 지금 책임지는 게 누굽니까? 아니, 스보르니크가 망한다면 이유가 뭐겠습니까?"

"……."

당연히 그 이유는 러시아가 일으킨 전쟁 때문이다.

그 전까지만 해도 스보르니크는 수익을 잘 내고 있었으니까.

"독재국가는 절대로 아무것도 책임지지 않습니다."

그래서 그 책임을 다른 누군가에게 지게 하려고 한다.

그리고 이런 경우라면 회사의 대표에게 지게 한다.

물론 그 회사의 대표가 지는 게 맞기도 하다. 대부분의 기업의 멸망은 대표 때문이니까.

"당신이 해 처먹은 돈이 적지 않을 테니까요. 그걸 과연 체르덴코가 모를까요?"

"……."

"아니, 상관없으려나요? 하긴, 상관없겠네요."

상관없다. 없으면 만들면 그만이니까.

증거를 조작해서 감옥에 가두는 게 어려운 일도 아니고 말이다.

"러시아의 그 백돌고래 교도소인가? 거기가 깨끗한 지옥이라고 불리던데."

"자, 잠깐……."

그 말에 알렉산더의 목소리가 떨려 왔다.

"진짜로 날 고발하겠다는 건가?"

"할 수도 있고 안 할 수도 있죠."

증거? 필요 없다. 그냥 고발만 하면 체르덴코가 알아서 할 거다.

알렉산더를 날려 버리고 그 자리에 자신의 최측근을 심어 둘 기회니까.

고발이 이루어지는 순간부터 알렉산더가 살고 싶다고 해도 살 수가 없는 구조인 셈.

"그래도 그렇지…… 아무리 그래도 300만 달러는 좀…….."

"그러면 좀 더 드릴까요? 그리고 망명권과 더불어서 해외 차명 계좌에 접근할 수 있게 도와드리겠습니다."

"뭐?"

"그러면 손해는 안 보실 텐데요? 솔직히 안 그렇습니까?"

차명 계좌에 돈을 감춰 두는 이유가 뭔가? 만일의 상황에 대비해서 돈을 챙겨 두려는 거 아닌가?

"아니면 저희가 추적해서 해당 계좌를 막아 두는 것도 불가능한 건 아니죠."

진짜 불가능한 건 아니다.

지금 전 세계는 대러시아 제재 중이다. 당연히 감춰진 자금을 추적한다는 핑계로 알렉산더와 스보르니크의 비밀 계좌를 뒤지는 건 어려운 일도 아니다.

"파신다면야 그런 것 말고도 해 드릴 건 많지요."

"접근을 허락해 준다 이겁니까?"

"네."

그러면 기업을 판 돈과 더불어 감춰진 돈까지 한꺼번에 손에 넣을 수 있다.

사실 스보르니크를 판 돈보다 차명으로 감춰 둔 돈이 더 많을 거다.

그 역시도 언제 자신이 죽을지 모른다는 공포에 벌벌 떨어 왔으니까.

"모든 걸 잃고 감옥으로 가시는 것보다는 차라리 지금 포기하시는 게 나을 텐데요?"

"······."

"거기다 가족도 생각하셔야지요."

가족을 해외로 도피시킨다?

일단 체르덴코가 가만둘지도 불확실하고, 지금 노형진이 말한 대로 서방에서 작심하고 막아 버리겠다고 나서면 그대로 망할 수밖에 없다.

노형진의 말에 고민하는 알렉산더.

그런 그를 위해 노형진은 슬쩍 떡밥을 하나 더 던졌다.

"미국에는 그 증인 보호 프로그램이라는 제도가 있더군
요. 참 좋은 제도 같아요."

증인 보호 프로그램은 미국에서 가장 보안이 강력한 프로
그램 중 하나로, 단 한 번도 뚫린 적이 없다.

새로운 신분을 만들어서 증인이 편하게 살 수 있게 해 주
는 제도.

상황에 따라서는 아예 출생 순간부터 새롭게 만들어 내기
때문에, 외부에서 봐서는 절대로 그 사람을 증인 보호 대상
으로 판단할 수가 없다.

"원하신다면 거기에 들여보내 드리지요."

"증인 보호 프로그램에 말입니까?"

"네. 세상에서 영원히 지워지는 겁니다."

천하의 미국 정보부도 해당 자료에 접근하는 게 쉽지 않다.

더군다나 증인 보호 프로그램의 경우에는 국제적으로 그
다지 큰 의미가 없기에, 기존의 러시아 스파이가 관련자로
숨어 있을 가능성이 크지 않다.

"완벽하게 새로운 삶을 살아갈 수 있을 겁니다."

회사를 판 돈에 숨겨 놓은 돈까지 더하면 충분히 떵떵거리
면서 살 수 있다.

"500만."

"네?"

"500만 달러만 주시면 넘기겠습니다."

선택지가 없는 상황.

노형진의 말대로 망명해서 미국에서 부자로서 살아가기로, 알렉산더는 마음을 먹었다.

독재자가 못 보는 세상

　노형진의 말에 따라 회사를 넘기는 사람들은 생각보다 많
았다.

　그만큼 체르덴코는 공포스러운 존재였다.

　죽을지도 모른다는 공포 속에서 사업을 하고 있는데, 심지
어 사업이 망하면 체르덴코가 사업자에게 그 책임을 뒤집어
씌운다.

　자신이 정치를 잘못해서 나라가 망해 간다는 이미지를 주
지 않기 위해서 말이다.

　그런 상황에서 살길을 만들어 준다고 하니 너도나도 사업
체를 넘기기 시작했다.

　러시아에서 이 이상 돈을 버는 건 불가능하다는 걸 느낀

거다.

독재자가 지배하기 시작하면 모든 돈은 독재자를 위해 내놔야 한다.

거절은 용납되지 않는다.

한국에서도 독재자에게 뇌물을 주지 않았다는 이유로 수많은 기업들이 망해 나갔다. 그런데 러시아라고 별반 다르겠는가.

더군다나 부패한 러시아답게 한 명도 빠짐없이 만일에 대비해서 두둑하게 돈을 챙겨 둔 상황이었다.

그런 만큼 그들은 자기 목숨을 구할 기회가 오자 그걸 잡는 데 조금도 주저하지 않았다.

"생각보다 많은 기업이 넘어가는데?"

체르덴코는 떨떠름한 얼굴로 말했다.

어느 정도 타격을 주기 위해 방치하고 있었지만 설마 이 정도로 많이 팔려 나갈 거라고는 생각 못 했으니까.

"조국을 배신한 놈이 한둘이 아닙니다, 각하."

"그렇군. 그래서 돈은 들어왔어?"

"그게, 이놈들이 다른 방법을 쓰더군요."

"다른 방법?"

"달러를 해외 은행에 넣어 놨습니다. 여기서는 빼낼 수가 없습니다."

체르덴코가 인상을 찡그렸다.

"미국 놈들, 머리 엄청 쓰는군."

"하지만 우리가 망하게 하면 방법이 없다는 걸 모르나 봅니다."

"그래, 그래야지. 준비는 다 끝났지?"

"끝났습니다."

"노형진이라고 했나? 그놈이 해외로 튀기 전에 잡아서 돈을 좀 뜯어냈으면 했는데 말이지."

"저도 그 생각을 안 해 본 건 아닙니다만 그랬다가는 피해가 더 클 겁니다. 그렇잖아도 지금 마이스터에서 우크라이나에 판매하는 무기들이 엄청나게 귀찮아서."

자신들을 파멸시킬 정도의 무기는 아니지만 발목을 잡고 질질 끌고 다닐 정도는 되는 물건들.

"게다가 저희 조사에 따르면 그 몇 배나 되는 무기들이 인도에 있습니다."

"몇 배라고?"

"그렇습니다. 마이스터가 무기를 판매하겠다고 하면 저희는 진짜 돈좌될 겁니다."

"끄응."

그나마 우크라이나에 지급되는 무기들은 마이스터가 공짜로 주는 것이 아니다. 미국이 사서 주는 거다.

그런데 그걸 잘못 건드려서 진짜로 무료로 공여하기 시작하면 얼마나 골치 아파질지, 생각만 해도 끔찍했다.

"어쩔 수 없지."

체르덴코는 고개를 끄덕거렸다.

"회사만이라도 날려 버려."

"네, 각하."

그들은 그렇게 노형진의 예상대로 회사들을 공격하기 시작했다.

"미스터 노, 러시아에서 긴급 연락입니다. 러시아 정부에서 갑자기 들이닥쳐서 모든 자료를 압류하고 대표를 비롯한 모든 임원들을 긴급구속 하기 시작했답니다."

로버트의 말에 노형진은 고개를 끄덕거렸다.

"예상했던 일이지 않습니까? 도리어 반응이 좀 느린데요?"

"아무래도 우리가 더 많은 회사를 사서 타격을 입기를 바랐나 봅니다."

"그런 모양인데 미안해서 어쩌나."

이미 해당 회사들에서 필요한 건 다 외부로 돌려 둔 상황이다.

기술자는 해외로 출국시켰고, 특허권은 비밀리에 몽땅 해외로 넘겼다.

사실상 러시아에 있는 공장들에는 껍데기와 생산 시설만

남은 거다.

"이번에 특허 기술을 엄청나게 확보했습니다. 그렇잖아도 그 문제로 골치 아파 하던 기업들이 너도나도 연락해 오더군요."

러시아의 과학기술은 절대로 무시할 수준이 아니다.

전 세계적으로 기초과학이 가장 강한 나라 중 한 곳이 바로 러시아다.

그런 곳의 특허 기술을 쓰고 있던 회사들 입장에서는 이번 사태가 곤란한 참이었을 거다.

그러니 다급하게 연락할 수밖에 없다.

"뭐, 손실분은 제대로 책정해 놔요. 미국에서 막아 준다고 하니까."

"그렇잖아도 1센트, 아니 1루블까지 다 따져 놓으라고 했습니다."

"그러면 이제 남은 건 하나뿐이군요. 파산 절차에 들어가세요."

"그나저나 진짜로 파산시키실 겁니까?"

"네."

"아깝군요."

하지만 어쩔 수 없다.

"살을 주고 뼈를 취하는 방법은 옛날부터 고전이었습니다."

경제 전쟁에서는 더더욱 그렇다.

"그나저나 레드그룹은 진짜로 인수하실 겁니까?"

"인수 안 하죠. 아니, 못 하죠. 미쳤다고 팔겠습니까?"

지금 레드그룹은 우크라이나 전쟁에서 강력한 한 축을 담당하고 있다.

만일 그들이 빠지면 러시아는 무조건 징집병으로 군대를 유지해야 하는데, 그렇게 되면 진짜로 내부에서부터 무너질 가능성이 높다.

"그러면 왜 유리 가로프와 만나신 겁니까?"

"그거야 간단하죠. 레드그룹을 체르덴코가 감시하고 있을 테니까요."

"그거야 당연하죠."

"그래서 제가 조언을 한마디 했습니다, 인력을 지킬수록 가격이 높아진다고."

"그런데요?"

"체르덴코는 남을 심하게 의심합니다. 그게 자기 사람이라고 해도 말이죠. 그리고 지금 레드그룹은 우크라이나 전쟁에서 돈좌된 상황이죠."

"그렇죠."

"그런데 병력을 아끼면 어떻게 보일까요?"

"아!"

아마 체르덴코는 유리 가로프가 자신을 무시하고 레드그룹을 팔아넘기려는 게 아닐까 의심할 거다.

"그걸 유리 가로프도 알아요. 그리고 그런 의심에서 벗어

나는 방법은 하나뿐입니다."

인명 피해고 나발이고 전쟁터로 사람을 밀어 넣는 것이다.

그렇게 해야 자기가 살 수 있으니까.

"그 결과 레드그룹은 훨씬 더 빠르게 무너지기 시작할 겁니다."

실제로 원래 역사보다 레드그룹은 빠르게 무너지고 있는 상황이다.

체르넨코에 대한 공포심은 그 파멸을 더더욱 가속화할 것이고.

"레드그룹이 무너지면 그 후에는 러시아군뿐이지만……."

"러시아군은 이미 엄청나게 갈려 나갔죠."

러시아가 징집령을 동원할 수밖에 없을 만큼 갈려 나간 상황에서 훈련된 레드그룹까지 갈려 나간 전쟁터를 제대로 밀고 들어갈 힘이 러시아군에 있을 리가 없다.

"진짜로 팔 리는 없지만 체르넨코의 의심병을 건드린 것만으로도 충분합니다."

"하긴, 거기다가 망명자들이 생겼으니까요."

"맞습니다."

유리 가로프가 자신의 사병 조직인 레드그룹을 팔아 버린 후에 해외로 망명할 가능성에 대해 체르넨코가 의심하게 되면 결국 그를 내치려고 할 거다.

그러면 유리 가로프에게 남은 방법은 두 가지뿐이다.

자신의 충성심을 증명하기 위해 레드그룹을 더더욱 갈아 넣든가, 아니면 도망치든가.

"어느 쪽이든 우리가 손해 볼 건 없죠."

"그렇군요."

로버트는 이해가 간다는 듯 고개를 끄덕거렸다.

진짜 손해 볼 건 없기는 하다.

"일단 파산을 준비하겠습니다."

"아, 그리고 파산 직전에 직원들부터 해고하세요. 무슨 뜻인지 아시죠?"

"네."

혹시나 이쪽에서 직원을 보호하려는 모습을 보이면 러시아에서 그들을 인질 삼아 쥐고 흔들려 할 수도 있다.

"바로 파산 절차에 들어가겠습니다."

"네."

⚖

러시아에서 생각하지 못한 게 있다.

아니, 사실 생각하기 싫었는지도 모른다.

그건 다름 아닌 모든 사회조직은 연결되어 있다는 것이다.

특히 기업들은 금전적으로 연결되지 않을 수가 없다.

"파…… 파산요?"

스보르니크 직원의 말을 들은 은행장의 얼굴에 당황과 공포가 서렸다.

"잠깐만요. 스보르니크가 파산을 한다고요?"

"네. 그래서 그 사실에 관해 이야기하려고……."

"아니, 그러면 저희 채권은요?"

특히 건설업은 금융권과 거래가 아주 긴밀하게 이루어지는 곳 중 하나다.

그런데 그런 거대 회사 중 하나인 스보르니크가 파산한다니?

"그게…… 저희도 버틸 수가 없습니다."

"그게 무슨 말입니까, 파산이라니? 이건 이야기가 다르잖아요!"

지금까지 스보르니크가 빌려 간 돈이 얼마던가?

그리고 지금 위험한 회사가 얼마나 많던가?

당장 스보르니크가 파산하면…….

"우리 은행도 위험합니다!"

"어쩔 수가 없습니다, 외부에서 파산을 결정해서."

"외부?"

"본사 말입니다."

스보르니크가 망하면 은행도 망한다.

아니, 은행만이 문제가 아니다.

러시아도 자본주의로 굴러간다.

은행에서 돈을 빌린 사람들도 망할 테고, 또한 스보르니크와 거래하던 다른 회사들도 망할 게 뻔하다.

"미안합니다. 하지만 그…… 정부에서도 저희를 살려 둘 생각이 없습니다."

"정부라니요?"

"누구겠습니까?"

그 말에 은행장은 흠칫했다.

그 정도 권력을 가진 사람은 딱 한 명뿐이니까.

"저희 상급 직원의 상당수가 잡혀 들어갔습니다."

"잡혀 들어갔다고요?"

"네, 죄목은 뇌물수수입니다만……."

물론 뇌물을 받았을 수는 있다. 아니, 100% 받았을 것이다.

하지만 그게 일상인 나라에서 그걸로 정부가 나서서 조지지는 않는다.

"저희 채권과 관련된 나머지는 법원의 판단에 맡기겠습니다."

어떤 수를 쓰더라도 스보르니크는 살릴 수 없다, 그 말에 은행장은 숨이 턱 막혔다.

"그럼 이만."

스보르니크의 직원이 나가자 그는 멍하니 천장만 바라보았다.

이 상황을 어떻게 이야기할지, 그리고 어떻게 해결할지 답이 보이지 않았다.

사실 어느 정도 예상은 하고 있던 일이다.

금리가 미쳤는데 돈을 빌려 간 기업들이 버틸 수가 있겠는가.

더군다나 버는 돈을 모조리 루블화로 바꾸라는 명령 때문에 하루가 멀다 하고 가치가 폭락하는 루블화로 바꿔야 하는 입장에서 기업이 망하지 않으면 그게 이상한 거다.

하지만 이렇게 쉽게 망하다니.

그렇게 정신을 차리지 못하는 상황에서 다른 직원이 다급하게 문을 열고 들어왔다.

"행장님! 큰일 났습니다."

"큰일? 무슨 큰일? 지금 스보르니크가 파산한다고 하는데 그것보다 큰일이 어디 있어?"

"그게, 엔막이 파산한답니다."

"뭐!"

그 말에 은행장은 다급하게 일어났다.

얼마나 급하게 일어났는지 의자가 뒤로 넘어갔지만 그것마저도 모를 정도였다.

"엔막이 왜? 거기가 왜!"

엔막은 자신들과 거래하는 거대 회사다.

주요 물품은 통조림 같은 가공품이다. 당연히 직원도 많고 규모도 큰 곳이다.

그런데 파산이라니?

"정부에서 조사가 들어왔답니다!"

"정부에서?"

"네, 그게⋯⋯ 지금 지사장을 비롯한 사람들이 모조리 체포되었다고."

"그런⋯⋯."

그제야 은행장은 뭔가 일이 잘못되고 있다는 것을 느낄 수 있었다.

엔막과 스보르니크의 파산은 러시아에서도 큰일이었다.

하지만 그건 시작에 지나지 않았다.

"내 돈 내가 찾겠다는데 뭐가 문제예요!"

"아니, 인출 제한이 걸려 있습니다."

"내 돈이라고요! 내 돈!"

"인출 제한이 걸려 있습니다!"

엔막과 스보르니크의 직원들과 그 가족들은 은행에서 돈을 찾기 위해 몸부림치기 시작했다.

회사가 망했다. 당장 먹고살 방법이 없어지자 다급하게 만일에 대비해서 뭐라도 사 두려고 하는 것이다.

하루가 멀다 하고 루블화의 가치가 떨어지니까.

하지만 은행은 줄 수가 없었다.

"미치겠네."

은행장은 미칠 노릇이었다.

경제가 개판이 되어 가자 정부에서 하루 출금 한도를 걸어 버렸다.

설사 그게 아니라고 해도 지금 은행이 망하느냐 마느냐의 상황이다.

망한 게 엔막과 스보르니크만이 아니었기 때문이다.

십여 개의 회사들이 망했고, 그 회사들이 빌려 간 돈은 돌려받을 방법이 없어졌다.

물론 정상적인 상황이라면 이런 일은 없었을 것이다.

왜냐하면 엔막과 스보르니크가 망했다 해도 그 주인인 마이스터는 멀쩡하니 미국으로 찾아가서 돈을 내놓으라고 소송을 걸면 되니까.

하지만 지금은 그럴 수가 없다.

러시아는 전 세계에서 경제제재를 당하고 있는 상황이라, 마이스터에 돈 달라고 해 봐야 줄 수 있을 리가 없다.

물론 은행이 이 빌어먹을 전쟁이 끝날 때까지 살아남을 수 있다면 그때 가서는 받을 수 있을지도 모른다.

문제는 그럴 가능성이 높지 않다는 거다.

당장 눈앞에 몰려드는 사람들조차도 감당하기 힘들다.

뱅크런이 확실시되고 있는 상황이고, 자신들이 망하면 관련된 연쇄 부도가 얼마나 일어날지 모를 일이다.

"누가 이 악몽을 좀 끝내 줘."

그는 그렇게 중얼거렸다.

하지만 누구에게도 그 악몽을 끝낼 방법 따위는 없었기에 그는 그저 눈을 질끈 감을 뿐이었다.

"러시아에서 부도가 시작되었습니다."

"현재까지 피해는요?"

"총 열두 곳의 기업이 파산했고 7만 4천 명이 실직했습니다."

보고하는 로버트도 씁쓸할 수밖에 없었다.

7만 4천 명의 실직은 단순히 그들이 직장을 잃었다는 개념이 아니다.

그와 관련된 최소 20만 명의 생계가 불투명해졌으며, 그들과 경제권을 공유하는 최소한 100만 명에게 타격이 간다는 의미이기도 했다.

"이 정도면 러시아도 심각한 타격을 입을 겁니다."

"뭐, 심각한 정도는 아닐 겁니다."

"아니라고요?"

"러시아니까요. 인터넷에서 누가 그러더군요, 러시아의 박살 난 경제는 오랜 전통이라고."

힘들고 어려운 상황에 처한 이들이 많지만 러시아 정부는 그들을 위해 아무것도 하지 않을 거다.

언제나 그래 왔으니까.

"일단 그들이 항의를 하며 러시아 정부를 압박할 정도가 되려면 시간이 좀 더 지나야 할 겁니다."

지금으로서는 아직 시기상조다.

"그러니 지금은 다른 방법으로 러시아를 족쳐야지요."

"다른 방법요? 더 이상은 기업을 인수하지 못할 텐데요."

"아, 인수 안 해요."

이 이상의 손실을 감당할 생각은 노형진에게도 없었다.

"대신에 사람을 고용할 겁니다."

"사람을 고용한다니요?"

그 말에 로버트의 눈이 커졌다.

"잠깐만요. 해직된 사람들을 고용하겠다는 말씀이십니까? 그 사람들을 왜 고용한단 말입니까?"

노형진이 착해서? 그럴 리가 없다.

애초에 러시아에 경제적 압박을 가하기 위해서는 그들을 고용해서는 안 된다.

"아, 오해하지 마세요. 지금 고용할 사람들은 그들이 아닙니다. 물론 그들이 일부 포함될 수는 있겠지만요."

"그럼요?"

"20대에서 30대 사이의 젊은 청년입니다."

"그들은 왜요?"

"재건 사업을 위해서요."

"설마 우크라이나 재건 사업에 그들을 이용하거나 용병으로 쓰겠다는 건 아니죠?"

로버트는 기겁했다.

그들을 밀어 넣는다고 한들 우크라이나가 받아들이겠는가? 후방에 불안 요소를 만드는 셈인데.

"당연히 아니죠. 그들이 일할 곳은 우크라이나가 아닙니다."

우크라이나에서는 우크라이나인이 일해야 한다.

그래야 우크라이나 내부에 돈이 돌고, 그래야 우크라이나가 살아남는다.

"그들이 일할 곳은 한국입니다."

"한국요?"

"네."

"한국은 왜……."

"지금 한국은 노동력이 엄청나게 부족합니다."

"네? 어째서요?"

"반중국 정서와 중국의 한한령 때문이죠."

"아, 그랬죠."

중국은 한국에 대해 엄청나게 예민하게 굴고 있다.

코델09바이러스가 퍼지기 이전부터 한한령을 통해 한국을 압박하는 상황.

"얼마 전에 대통령이 미국에 국빈으로 방문한 것까지 문제 삼아 으르렁거리고 있죠."

"그건 그렇죠."

"문제는 한국에서 외국인 노동자를 무시할 수는 없다는 겁니다."

이념과 현실은 다르다.

코델09바이러스 이후로 한국에 외국인 노동자들이 부족한 게 사실이다.

"누군가는 외국인 노동자가 일자리를 빼앗고 있다지만, 현실적으로 그런 일자리는 아무리 많아도 한국인은 가지 않죠."

소위 말하는 3D 업종.

"그곳에 배치할 사람이 필요합니다."

"그런데 그게 굳이 러시아 사람이어야 합니까? 중국은 위험해서 그러나요?"

"뭐, 그런 것도 없지 않겠습니다만, 사실 위험한 걸로 따지면 러시아 사람들의 기질도 만만치 않습니다."

중국의 삼합회나 러시아의 레드마피아나 위험한 조직인 건 똑같듯이 말이다.

"하지만 우리는 사회적, 아니 국제적 책임을 다하려고 하는 겁니다."

"국제적 책임이라 하시면……?"

"얼마 전에 제가 아는 교수님이 재미있는 말씀을 하시더군요."

"무슨 말씀요?"

"자기 학교에 대학교 4학년생이 있는데, 월급을 안 줘도 좋으니까 제발 대학원생을 시켜 달라고 빌더랍니다."

그 말에 로버트는 고개를 갸웃했다. 이해가 가지 않았으니까.

월급을 지급하지 않는 건 불법이다. 그런데 월급도 필요 없으니 대학원생을 시켜 달라니?

"왜요?"

"대학원생이 되면 비자 연장이 가능하거든요."

"아! 그렇군요."

"러시아 사람들도 바보는 아닙니다."

지금 그놈의 특별 군사작전이 얼마나 개판으로 굴러가는지, 그리고 얼마나 많은 사람들이 죽어 나자빠지는지 알고 있다.

상식적으로 병력을 보충할 길이 없어서 죄수들을 이용한다는 것 자체가 비상식적인 일이다.

물론 징집을 못 하니 죄수들을 대상으로 한 모집이 하나의 수단이 될 수는 있다.

그러나 잡범들이 과연 그런 일을 지원할까?

그럴 리가 없다.

한 1년 징역을 살고 나가면 자유의 몸이 되는데 6개월간 전쟁터에서 복무하고 자유를 얻고 싶어 한다고? 그것도 사망률이 75%인데?

"죄다 강력범들일 겁니다."

살인, 강간 등등 강력 범죄자들이다.

"더군다나 그런 놈들인 걸 아니까 더더욱 소모하고 싶어

하겠죠."

살아서 돌아가면 더더욱 러시아에 문제가 되니까.

"하긴, 실제로 훈련 과정에서 반발했다고 즉결 처형했다는 소문도 있더군요."

"그럴 겁니다. 병사들에게 중요한 건 통제니까요."

죄수들은 죽어도 그만인 놈들인데 왜 다른 나라에서는 병력으로 쓰지 않을까?

이유는 간단하다. 통제가 안 되기 때문이다.

총을 주면 그걸로 장교를 쏘고 도주할 가능성이 높다.

"중요한 건 그거죠, 이제 그마저도 한계라는 것."

'실제로 회귀 전에도 레드그룹은 병력을 모집하기 위해 고등학교까지 갔지.'

죄수를 동원하다가 그마저도 부족해지고 나중에는 러시아 군부가 죄수 모집까지 막아 버리자, 고등학생을 병력으로 모집하러 갔다.

사실상 학도병까지 동원한 셈이니 얼마나 다급한지 알 수 있는 수준.

"그런데 우리가 한국에서 노동자를 대량으로 뽑는다면 어떨까요?"

"엄청나게 몰려들겠군요."

아직 징집령이 떨어진 것은 아니고, 실제로 원한다면 해외로 나가는 러시아 사람들은 많다.

눈치 빠른 사람들은 이미 출국을 서두르고 있고 특히 징집 대상인 20대 초반부터 30대 중반까지의 남자들은 서둘러서 해외로 나오려고 노력 중이다.

"하긴, 조지아도 그것 때문에 상황이 웃기거든요."

여기서 조지아란 미국의 조지아주를 말하는 게 아니다. 러시아 옆에 있는 조지아라는 나라를 의미한다.

조지아는 러시아와 국경분쟁 중이다.

정확하게는, 러시아에서 우크라이나의 크림반도처럼 조지아의 땅을 자발적 병합이라는 핑계로 흡수해 버렸다.

쉽게 말해서 적성국이라는 건데, 워낙 국력 차이가 심하다 보니까 러시아를 증오하긴 하지만 단교나 국경 폐쇄를 할 만큼의 힘은 없다.

그래서 아직 국경이 열려 있는데, 황당하게도 징병을 피하기 위해 엄청난 숫자의 러시아 청년들이 조지아로 대피하기 시작했던 것.

"징병은 시작도 안 했는데 그 정도면 말 다 했죠."

"무슨 뜻인지 알겠습니다."

그렇잖아도 러시아에서 탈출하고 싶어 하는 사람들이 가득한데 한국에서 노동자를 뽑는다고 하면 아마 미친 듯이 몰려들 거다.

"그리고 그들은 딱 군인으로 쓸 수 있는 대상이죠."

징병 대상이 그만큼 비어 버리면 러시아군은 그만큼 약해지는 거다.

"교묘하군요."

"진짜 교묘하지만 확실히 효과적이죠."

만일 한국에서 러시아 노동자 20만 명을 받아들인다면 러시아군에는 20만 명이 비는 거다.

20만 명의 러시아군을 죽이려면 한국이 얼마만큼의 무기를 제공해야 가능할까?

"250만 발의 포탄이 아니라 우리나라에 있는 포탄 다 줘도 안 될걸요."

"허, 그러네요. 거기다 그들이 한국에 온다고 해도 러시아에 돈을 보낼 수는 없겠군요."

"그렇죠."

러시아와 한국이 단교한 건 아니지만, 현재 러시아는 국제 은행 시스템에서 완전히 단절되어 있다.

그렇기에 한국에서 러시아로 바로 돈을 보낼 방법 따위는 없다.

"그 돈은 그대로 한국에 남을 겁니다."

나중에 먼 미래에, 진짜 봉쇄가 풀릴 때쯤에는 가져갈 수 있겠지만.

"사실 그때까지 남은 게 별로 없을 거예요."

왜냐하면 한국에서 자리 잡고 살기 위해서는 돈이 엄청나게 필요하니까.

"그리고 인간이라는 게 기약 없는 일에 대해서는 참을성이 별로 없죠."

러시아-우크라이나 전쟁이 끝나면 그 즉시 러시아에 대한 경제제재가 멈출까?

아니다.

경제재재를 시작한 이상, 체르덴코 정권을 무너트리기 위해 계속 유지될 가능성이 크다.

"그러면 그 돈을 두고 가든가……."

"쓰고 가야 하죠."

두고 가지는 않을 테니 다 쓰고 갈 거다.

돈은 못 가져가지만 생활용품은 사 가지고 갈 수 있으니까.

"결과적으로 러시아 경제에 눈곱만큼도 도움이 안 되는군요."

"맞습니다. 그런데 또 러시아 사람들 입장에서는 엄청 고마운 거죠."

최후까지 중립을 지켜 주고 그 후에 먹고살 수 있게 해 준 고마운 나라, 대한민국.

"치밀하시네요."

로버트는 혀를 내둘렀다.

미국에서 살아오면서 이제 온갖 방법을 다 꿰었다고 생각했는데, 이렇게 교묘하게 중립을 지키면서 양쪽에서 욕도 먹지 않을 방법을 만들어 내다니.

노형진은 교묘하게 러시아 정부와 국민을 분리해 국민에

게는 우호적인 이미지를 남기고, 러시아 정부와 체르덴코에게는 적대적인 행동을 하고 있는 거다.

"그 정도는 해야 하지 않겠습니까? 중립을 지키는 건 쉬운 일이 아닙니다."

"그렇죠."

더군다나 한국은 단군 할아버지가 사기당했다는 말이 나올 만큼 지형이 안 좋은 곳이라 중립을 지키지 않으면 나라가 망할 수도 있고, 실제로 그럴 뻔한 게 한두 번이 아니다.

"그러면 이제 가장 먼저 해야 하는 건 러시아에서 직원을 모집하는 거겠군요."

"맞습니다. 아, 물론 조심은 해야지요. 무슨 뜻인지 아시죠?"

"물론 알고 있습니다."

러시아에서 일하는 양질의 노동력만을 빼 와야 한다.

러시아 사람들도 좋게 말하면 마초적이고 나쁘게 말하면 무식한 사람 천지다.

그래서 아무나 데려왔다가는 한국에서 문제를 일으킬 가능성이 크다.

"오죽하면 러시아에서는 여자만 안 때려도 1등 신랑감이라는 말이 있겠습니까?"

한국 같으면 여자 패는 놈은 상대도 안 해 주겠지만, 러시아는 워낙 여초 국가라 여자 비율이 더 높고 자연스럽게 여자를 만날 기회도 많다 보니 이 여자 아니어도 나중에 다른 여자를 만나면 된다고 생각해서 자기 성질대로 여자를 패는 놈들이 넘쳐 난다.

"아, 그리고 러시아에 긴급 구호 프로그램을 돌려야 할 것 같습니다."

"러시아에 긴급 구호요?"

"코넬09바이러스로 인한 긴급 구호 프로그램, 아직 운영 중이죠?"

"네, 뭐 사실상 엔데믹이기는 하지만."

사람들은 보통 엔데믹이 팬데믹의 반대말, 질병 종식을 뜻한다고 생각하지만, 그렇지 않다.

엔데믹이란 정확하게는 질병의 풍토병화, 즉 질병이 토착화되어서 더 이상 없앨 방법이 없기에 사실상 일상에서 공존하게 되는 상태를 의미하는 단어다.

"전 세계가 이제 사실상 엔데믹 선언 중이죠. 중국 정도만 빼고요."

"중국은 자존심 때문에라도 엔데믹을 선언하기 힘들죠."

극단적 봉쇄로 코넬09바이러스 피해가 없다고 주장하는 중국이다.

피해가 없으니 엔데믹도 없는 게 당연하다.

엔데믹 선언은, 없었다고 했던 게 사실은 있었다고 인정하는 꼴이니까.

"이제 얼마 후면 마스크 착용 의무도 풀릴 거라 생각은 합니다만."

엔데믹으로 넘어가면 마스크 착용 의무도 풀릴 테고 사람들은 이제 본격적인 활동을 시작하게 될 거다.

"하긴, 그렇게 되면 이제 슬슬…… 수거, 아니 이 표현이 맞는지 모르겠네요."

"틀린 말은 아니죠. 지원을 한 거지 공짜로 준 게 아니니까요."

노형진은 코델09바이러스가 올 걸 알았기에 그 시기에도 돈을 벌 방법을 만들었다.

그리고 전 세계의 봉쇄된 지역이나 생계 곤란 지역에 생존에 필요한 최소한의 물품을 긴급 지원해 줬다.

당연히 공짜는 아니다.

조건은 엔데믹 이후 노동 현장으로 돌아가면 그 대가를 지불하는 것.

"아……."

"왜 그러십니까?"

"놀라서 그럽니다. 사실 저희가 받을 수 있을 거라 생각하지 않아서 그 수익에 대해서는 전혀 계산하지 못했거든요."

"이제는 받아야죠."

"네, 이제는 받아야죠. 그래서 놀라는 겁니다."

아무리 최소한의 지원을 받는다 해도 먹고 마시고 싸는 돈은 절대로 작은 게 아니다.

인간은 숨만 쉬어도 나가는 돈이 있기 마련이니까.

"전 세계를 대상으로 지원해 줬으니……."

"이제 그걸 돌려받을 시기입니다."

노형진의 말에 로버트는 왠지 충격을 받았다.

그 모든 게 이렇게 굴러갈 줄은 몰랐으니까.

"그렇다고 해서 우리가 지원하기 위해 운영하던 공장들이 놀고 있는 것도 아니죠."

"그건 그렇군요."

마침내 엔데믹으로 넘어간다 해서 그간 긴급 구호를 위해 바삐 일하던 공장들이 운영을 멈추는 건 아니다.

"우크라이나에 지원 중이지요."

원래 우크라이나는 배고픈 전쟁을 해야 했다. 모든 자원이 군부대와 전쟁에 들어갔기 때문이다.

하지만 코델09바이러스가 슬슬 잦아들고 백신이 효과를 발휘하면서, 그쪽으로 향하던 지원이 이제는 우크라이나를 향하고 있다.

그랬기에 우크라이나의 국민들은 생각보다 더 버틸 만해 졌다.

"물론 전쟁이 끝난 후에는 그 대가를 받아야 하고요."

당연히 그 대가는 재건의 참여다.

전쟁이 끝난 나라는 재건이 우선이고, 은혜를 입은 곳을 우선 참여시키는 게 당연한 일.

"우크라이나야 이해가 갑니다만 러시아는 왜 지원하시는 겁니까?"

"러시아에 은혜를 입혀 두려고 하는 거죠."

"하지만 전쟁 물자로 전용하기는 무리겠네요."

전쟁 물자로 전용할 만큼 만만하게 지원하는 것도 아니고, 또 그런 걸 막기 위해서는 유통기한이 짧은 음식 위주로 보내면 그만이다.

"그래도 단순히 은혜를 입혀 두려고 하는 것치고는 좀 규모가 커질 텐데요?"

"그래서 그러는 겁니다. 한국으로 최소 20만의 남성이 도피할 겁니다."

"그 정도는 될 거라 예상합니다."

"다른 나라도 있겠지요."

그렇게 보면 아무리 적게 잡아도 도피하는 남성의 숫자를 30만은 잡아야 할 거다.

"그런데 솔직히 말해서, 우리가 20만의 젊은이를 러시아에서 빼 온다 한들 과연 체르덴코가 강제징집을 포기할까요?"

"그럴 리 없죠."

체르덴코는 어떻게든 숫자를 채우라고 했다. 그랬기에 실제 징병도 개판이었다.

일부에서는 징집영장을 통해 소환하는 정석적인 방식으로 징집되었지만, 길바닥에 20대가 보이면 한국의 6.25 전쟁 때처럼 닥치는 대로 끌고 가기도 했다.

실제로 인터넷에서는 징집을 거부하는 사람들을 빈정거리던 러시아 청년이 징집하던 러시아 경찰에게 질질 끌려가면서 살기 위해 발악하는 모습이 떠돌기도 했다.

자신은 영장이 나오지 않았으니 입으로야 '나 같으면 러시아를 위해 이 한목숨 불사르겠다.'라고 떠들 수 있었겠지만 그 당시 러시아가 영장과 상관없이 닥치는 대로 끌고 간다는 건 몰랐던 거다.

20대 청년들이 숨어 버리자 나중에는 대학을 습격해서 수업 중이던 대학생들을 질질 끌고 그대로 전쟁터로 가기까지 했다.

"그런데 포기하지 않으면 누가 가겠습니까?"

"30대에서 40대, 중장년층이겠군요."

"연령대가 높아지면 50대까지도 가겠지요."

실제로 러시아는 20대에 군을 제대한 예비군만 징집했다고 주장하지만 현실은 직장인이고 뭐고 닥치는 대로 끌고 갔고, 그중에는 50대도 적잖이 포함되어 있었다.

'이번에는 그 일이 더더욱 심하게 일어나겠지.'

노형진은 그렇게 되리라는 것을 예감할 수 있었다.

"그리고 아시겠지만 러시아는 여성이 일하기 좋은 나라가 아닙니다. 그리고 전 세계적으로 보면 남성의 수명이 엄청 짧은 나라죠. 즉, 집안을 유지하기 위한 최소한의 수익이 확보되지 않을 가능성이 크다는 거죠."

"아, 그렇죠. 러시아가 극단적인 마초 국가라 여자가 할 수 있는 일이 별로 없기는 하죠."

회사는 대부분 남초 문화로 굴러간다.

아니, 그걸 떠나서 경제제재로 대부분의 회사가 문을 닫은 상황이다.

그리고 러시아에서 여성 근로자는 상대적으로 저임금이고 선호되지도 않는다.

젊은 사람은 전쟁으로 죽고 나이 먹은 사람은 술로 죽는 게 러시아 남자들의 현재 상황이니, 그 가족들의 생계는 절대적으로 위험해질 수밖에 없다.

"그리고 성매매라는 것도 결국은 남자들에게 돈이 있어야 가능한 겁니다."

비참한 현실이지만 여성의 경우 성매매라는 최후의 수단으로 생계를 유지하는 사람도 있기는 하다.

"하지만 소비 계층이 없군요."

"네, 없죠."

소비할 남자들은 러시아에서 탈출하거나 전쟁터에서 죽어 나갈 거다.

돈도 없는 상황이 계속될 테고, 그나마 운영이 가능한 기업들은 남성 노동자를 선호하지 여성 노동자는 원하지 않는다.

"아사자가 발생하겠군요. 그것도 대량으로."

"최악의 경우 그럴 수도 있죠."

현실에서는 누구도 알지 못한 일이다.

알 수도 없었다. 러시아가 그런 걸 발표할 나라가 아니니까.

"전쟁은 잔인한 일입니다."

권력자를 위해 수많은 사람들이 죽어 나간다. 그리고 그들은 보답도 보상도 받지 못한다.

"러시아에 지원해 준 후에 나중에 돌려받으면 되겠군요."

"네."

설사 정권이 바뀌지 않는다 해도 최소한 사람은 살릴 수 있다.

"어느 쪽이든 이미지가 좋아지는 일이니까 손해날 건 없군요."

"다만 한국 음식 위주로 하셔야 합니다. 무슨 말인지 아시죠?"

"네, 알고 있습니다. 어차피 다른 곳의 음식은 거들떠보지도 않을 겁니다."

미국이나 유럽 쪽 음식에는 적대감을 품을 테고, 동남아나 아랍 계통의 음식들은 그 독특한 향 때문에 거부감을 가질 거다.

하지만 의외로 한국은 가까이에 있기에 미묘하게 취향이 비슷한 부분이 있다.

당장 한국의 라면 중 하나는 러시아에서 국민 라면이라 불리면서 엄청난 판매고를 올리고 있지 않던가?

상대적으로 익숙하고 거부감이 덜하다면 먹는 데 부담도

가지지 않을 거다.

"체르덴코는 이런 걸 모르겠죠?"

"모를 겁니다. 알 수도 없고, 알고 싶지도 않겠지요."

전쟁에서 죽어 가는 국민들의 고통을 독재자들은 결코 보지 못한다.

"일단은 살리고 볼 일이니까요."

노형진은 쓰게 웃었다.

"내부가 불안해서 물러날 때까지 얼마나 걸릴지는 모르지만요."

그리고 노형진은 그 세상을 똑바로 보고 있었다.

"시간이 지나면 러시아라는 나라가 친한국 국가가 되어 있을 겁니다."

그리고 그때는 한국이 또 하나의 세력이 될 수 있으리라.

노형진은 그때를 기다릴 생각이었다.

유죄 추정의 원칙

노형진은 보통은 잘 흥분하지 않는다. 흥분하는 건 변호사에게는 손해니까.

차가운 머리와 뜨거운 가슴. 그게 변호사의 덕목이 아니던가?

하지만 그럼에도 불구하고 때때로는 흥분을 넘어서 분노할 수밖에 없는 경우가 종종 있다.

"아니, 뭐? 아버지가 구속? 구속?"

ㅡ그래. 지금 그래서 난리 났어.

"어떤 미친 새끼가!"

물론 아버지가 범죄를 저질렀다면 그럴 가능성이 없는 것도 아니다.

하지만 아버지는 지금 은퇴해서 노후를 보내는 분이다.

범죄를 저지르는 이유가 뭔가?

먹고살 수가 없어서, 또는 돈 욕심에, 아니면 관성으로.

하지만 아버지는 그 어디에도 속하지 않는다.

노형진에게 손을 내밀 필요도 없을 만큼 많은 돈을 벌었다. 투자 정보를 노형진이 나눠 줬으니까.

돈 욕심이 났다면 노형진에게 전화해서 투자 정보를 좀 더 달라고 하면 그만이다.

관성으로 범죄를 저질렀다면 당연히 그 이전에 범죄 경력이 있어야 한다.

하지만 아버지는 그냥 직장인으로 일하다가 퇴직한 전형적인 은퇴자다.

ー나랑 네 매형도 지금 내려가는 중이야. 일단 너도 내려와.

"아니야. 가지 마."

ー뭐? 가지 말라고?

"매형은 판사잖아. 판사가 현장에 들이닥치면 분명 나중에 무슨 말이 나와."

ー그거야……. 그러면 아버지는?

"내가 가서 해결할게. 내가 해결 못할 정도라면 매형이라고 해도 방법 없어. 알잖아?"

ー그건 그런데…….

공직자인 매형이 경찰에 아버지를 풀어 달라고 요구할 수는 없다.

그러나 노형진은 변호사니까 도리어 당당하게 이 문제를 파고들 수 있다.

─하지만 자식 입장에서…….

"자식 입장에서야 당연한 거지. 이해해. 그렇지만 이게 함정일 가능성도 있어."

─…….

노형진은 정치적으로 많은 사건을 겪은 사람이고, 그 과정에서 온갖 함정에 빠져 본 사람이기도 했다.

"검찰하고 경찰 그리고 법원이 나랑 사이가 안 좋은 건 사실이잖아."

그랬기에 누군가 기다리고 있다가 노현아와 매형 사진을 찍어서 대문짝만 하게 '현직 판사, 경찰에 압력 행사'라고 헤드라인을 박아 버릴 가능성 역시 무시 못 한다.

─알았어. 그러면 일단 돌아갈게. 너는 지금 바로 갈 거지?

"그래야지. 걱정하지 마. 내가 어떻게든 해결할게."

노형진은 자리에서 일어나며 말했다.

누구든 간에 자신의 가족을 건드린 놈들을 작살내겠다고 생각하면서 말이다.

⚖

노형진은 주저하지 않고 아버지가 은퇴한 후 살고 있는 동네 경찰서로 달려갔다.

그리고 눈앞에 펼쳐진 상황을 보고 눈이 돌아갈 뻔했다.

"이 새끼야! 그러니까 불라고! 마약 어따 팔아 치웠어!"

아버지에게 고래고래 소리를 지르고 있는 젊은 남자.

그리고 어이가 없다는 듯, 그러나 애써 침착하게 말하는 아버지 노문성.

"이보시오, 형사 양반. 나는 마약 같은 거 안 팔았다니까."

"그런데 왜 뒷마당에서 양귀비를 키워!"

"아니, 내가 그게 양귀비인 줄이나 어찌 알았겠소. 그냥 있으니까 그러려니 한 거지."

"지랄하네. 이 새끼, 넌 내가 꼭 콩밥 먹이고 만다! 이 약쟁이 새끼."

위협하려는 듯 경찰이 손을 드는 순간, 노형진이 달려가 그 손을 꽉 잡았다.

"뭐야, 이 새끼야?"

"변호사입니다."

"뭐?"

"그리고 이분 아들입니다."

노형진이 분노에 찬 목소리로 말하자 경찰이 눈을 찡그리며 손을 뿌리쳤다.

"얼씨구? 이러니까 개뻔뻔하게 버티지. 하, 그래. 아드님이 변호사셨어? 그래, 잘났다."

분명히 변호사라고 경고했음에도 불구하고 목소리를 높이는 경찰관.

"지금 뭐 하는 짓입니까?"

"보면 몰라? 약장수 조지잖아!"

"약장수?"

"마약 딜러."

노형진은 어이가 없다는 듯 아버지를 돌아보았다. 그러자 노문성이 고개를 흔들었다.

"내가 그럴 리가 없잖니."

"알고 있습니다. 다만 이해가 안 가서요."

약장수, 그러니까 마약 딜러로 기소를 할 정도면 엄청나게 강력한 증거가 있어야 한다.

그런데 아버지가 마약을 팔 이유가 없지 않은가?

약장수는커녕 평소에 약도 잘 안 드시는 게 아버지다.

"그게 말이다, 뒷마당에서 양귀비가 나왔단다."

"양귀비요?"

"그래."

"그래, 이 새끼가 양귀비 키워서 팔아먹었다 이 말이지."

"증거 있습니까?"

"증거? 그래, 증거 있지. 뒷마당에서 양귀비가 무려 스무 그루나 나왔어! 스무 그루!"

노형진은 그 말에 눈을 찡그렸다.

양귀비가 스무 그루씩 나오는 경우는 드물기는 하기 때문이다.

양귀비도 식물이고 자생하는 경우도 많지만, 한꺼번에 스무 그루나 뿌리를 내릴 가능성은 그다지 높지 않다.

"하지만 그렇다고 해서 약장수는 아니죠."

"뭐?"

"고작 양귀비 스무 그루로 뭘 할 건데요?"

"뭐?"

"양귀비에 대해 잘 알지도 못하니 고작 스무 그루로 약장수 운운하지."

양귀비 스무 그루가 발견되는 경우는 드물지만, 그렇다고 그 양으로 마약 장사를 할 수는 없다.

노형진이야 아프가니스탄에서 아편 장사꾼들과 양귀비 농장을 숱하게 봤으니 당연히 양귀비에 대해 잘 알지만 말이다.

그런데 노형진의 말이 경찰의 귀에는 다르게 들렸나 보다.

"이 새끼, 잘 아는 거 보니까 너도 약쟁이지, 이 새끼야?"

"허?"

노형진은 기가 막혔다.

그의 입에서 피식하고 웃음이 나왔다.

"의심스러우면 기소해 보시든가."

"형진아?"

도리어 담담해진 노형진의 모습에 노문성이 깜짝 놀랐다.

"아뇨. 그냥 편하게 가려고요."

"편하게라니?"

"원래는 그냥 변론하려고 했는데요."

원래대로라면 노형진이 권력을 이용해서 갑질 하거나 지랄하지는 않았을 것이다.

그럴 생각이었다면 이곳까지 내려올 것도 없이 전화 몇 통으로 해결했을 테니까.

"저 새끼가 저러는 거 보니까 배알이 뒤틀려서요."

그랬기에 노형진은 그냥 갑질 한번 해 보기로 했다.

'내가 갑질을 안 하는 거지, 못하는 게 아닌데 말이야.'

그가 갑질을 하면 대부분 상대방 인생이 파멸로 끝나기에 참았을 뿐이다.

하지만 저 경찰 꼴을 보니 아예 작정하고 죄를 만들어 뒤집어씌우려는 것 같았다.

이런 놈은 경찰 자리에 있어 봐야 억울한 피해자만 계속계속 만들어 낼 뿐이다.

"이름!"

"노형진."

"주민번호."

"최종 경고입니다. 진짜 이딴 식으로 할 거예요?"

"새끼? 쫄리냐? 쫄리면 뒈지시든가."

"뒈지는 건 내가 아니라 당신일 텐데."

노형진의 말에 경찰은 순간 흠칫했지만 다시 목소리를 높였다.

"주민번호!"

"그렇다면야 뭐."

노형진은 자신의 주민번호를 일러 줬다. 그리고 주소도, 기타 다른 정보도.

폭탄이 터지기까지는 오래 걸리지 않았다.

"뭐야? 뜨는 게 별로 없잖아? 이 새끼 너, 변호사라는 거구라지?"

"맞습니다만."

"지랄하네. 개인 정보가 뜨는 게 거의 없는데? 하, 이 새끼, 이 새끼! 지 아비랑 붙어먹고 마약을 팔았다 이거지. 그런데 구라까지 까?"

"저는 마약을 판 적도 없고 마약을 한 적도 없습니다."

"그런데 어떻게 그렇게 잘⋯⋯."

"어떤 새끼야!"

그 순간 사무실로 박차고 들어오는 한 남자.

얼굴이 시뻘게진 남자는 다름 아닌 경찰서장이었다.

"어떤 새끼야! 어떤 새끼가 국가 기밀에 접근한 거야!"

"서장님?"

"서장님, 왜요?"

다들 서장이 등장하자 어리둥절한 표정이 되었다.

그러나 서장은 그들의 질문에 답해 줄 정신이 아니었다.

"누구야? 어? 너냐? 네가 노형진이라는 사람 지금 추적했어?"

"어…… 아니요?"

"그러면 누구야!"

그때 노형진이 손을 들으며 말했다.

"제가 노형진입니다."

"노…… 노형진 자문 위원이십니까?"

"네, 제가 노형진 자문 위원입니다."

자문 위원은 대통령을 독대할 수 있는 사람인 동시에 국가 기밀에 접근할 수 있는 사람이다.

자문을 하려면 국가의 대소사에 대해 다 알아야 하기 때문이다.

이를 반대로 말하면 보호 대상이라는 거다.

경호원을 붙여서 지켜 줄 정도는 아니지만, 개인 정보에 대한 접근은 철저하게 통제되는 사람.

그러니 주민번호를 넣으면 개인 신상에 대해 최소한의 자료만 뜨는 것이다.

"여…… 여기에는 어쩐 일로…….."

부들부들 떨며 자신을 바라보는 소장에게 노형진이 아주 담담하게 말했다.

"저희 아버님께 구속영장이 청구되어서 말이죠."

"어…… 그…… 위원님의 아버님요?"

"네. 뜬금없이 마약 사건이라는데, 아시는 거 있습니까?"

"전혀……. 그게 무슨 말씀이신지?"

그제야 자기가 좆 되었다는 걸 깨달은 경찰의 얼굴이 노래졌다.

권력자의 가족을 건드린 셈이니까.

"아니…… 그…… 죄송합니다."

"죄송? 지금 이게 죄송으로 끝날 일입니까?"

"아니 그게, 스무 그루나 되는 양귀비가 발견되어서……."

"그래서 마약 사범을 만들어요? 양귀비가 어떤 식물인지나 알아요?"

양귀비는 독한 식물이다.

얼마나 독한지, 진짜 어떤 환경에서도 잘 자라는 게 바로 양귀비다.

왜 아프가니스탄에서 양귀비를 재배해 아편으로 만들어서 팔겠는가? 단순히 돈이 되니까?

그것도 있겠지만 아프가니스탄의 토양이 워낙 척박해서 뭘 키울 수 있는 지형이 아니기 때문이다.

그런 아프가니스탄의 환경에서도 잘 자라는 게 양귀비다.

"매년 자생 양귀비가 엄청나게 발견됩니다. 알고나 있습니까?"

"아니 그게, 보통 스무 그루씩이나 발견되는 경우는 없어서……."

"그럼 이유를 찾아봐야지요. 일단 뒤집어씌우면 답니까?"

"……."

"이 문제, 제가 그냥은 안 넘어갈 겁니다."

그 말에 사색이 되는 서장.

"죄송합니다. 저희가 따끔하게 혼내겠습니다."

"혼내는 걸로 끝나지 않을 겁니다."

노형진은 이를 박박 갈았다.

"서장이라는 자리는 책임지라고 있는 자리입니다. 그러니 책임을 지셔야죠."

그 말에 서장은 무서운 눈빛으로 경찰을 노려보았고, 경찰은 쭈그러들면서 고개를 숙일 수밖에 없었다.

⚖

"그러니까 그냥 단순히 관상용인 줄 아셨다는 거네요."

"그러니까. 내가 양귀비가 어떻게 생겼는지 어떻게 알겠니."

"하아~."

노문성은 금방 풀려났다.

조사가 시작되자 생각보다 진실이 쉽게 드러났기 때문이다.

애초에 양귀비는 수액을 채취해야만 마약을 만들 수 있다. 그래서 마약용 양귀비에는 상처가 있어야 한다.

그런데 그런 게 없다는 걸 알면서도 양귀비가 있다는 이유만으로 다짜고짜 뒤집어씌우려고 한 거다.

"하기야, 보통 사람들은 양귀비를 본 적도 없으니."

양귀비는 화려하고 예쁘다.

그 이름 또한 한때 당나라를 망하게 했던 미인의 이름을 붙인 거다.

그만큼 예쁘고 치명적이라는 말.

실제로 개량을 거쳐 마약이 나오지 않는 꽃양귀비도 있을 정도니까.

"그게 양귀비인 줄은 몰랐지."

사건은 너무 단순해 황당할 지경이었다.

뒷마당에 양귀비가 있는 건 사실이었다. 그런데 그건 아버지가 직접 심은 게 아니라 새들이 흘린 씨앗에서 절로 자란 거다.

실제로 종종 화단이나 전혀 엉뚱한 곳에서 뜬금없이 발견되는 양귀비는 새들이 씨앗을 먹은 후에 그걸 배설한 곳에서 자라는 경우가 대부분이다.

"뭐…… 새들 먹이 주는 게 그렇게 될 줄 알았나."

어머니는 동물을 좋아하신다.

그래서 애완동물도 키우고, 새들이 먹을 수 있도록 화단에 모이통도 설치했다.

그래서 거기에 모이통이 있다는 걸 알고 새들이 많이 날아왔다.

"새들이야 똥 싸지르면 그만이니. 거참."

새는 먹이를 먹으러 왔다가 화단에 배변했을 뿐이지만, 그 안에 양귀비 씨앗이 있었던 것.

한두 번 새들이 방문하는 것으로도 양귀비가 싹을 틔울 수 있는데 심지어 매일같이 새들이 들락날락하니 확률이 기하급수적으로 높아질 수밖에 없다.

특히 주변의 산 어딘가에 양귀비 자생지가 있다면 확률은 더더욱 높아진다.

"우리야 그게 양귀비인 줄도 몰랐으니까."

화려한 꽃이다 보니 사람들은 그게 관상용이라고 생각하기도 한다.

실제로 자신도 모르게 양귀비를 키우는 사람들은 대부분 관상용이라 생각한다.

"나는 엄마가 심은 줄 알았지."

반대로 엄마는 아빠가 심은 줄 알고 그냥 뒀다는 것.

"끄응."

결과적으로 관상용이라고 생각해서 다들 그냥 방치한 거다.

"공교롭기는 하네요."

"그렇지? 그나저나 이제 다 끝난 거냐?"

"일단 우리 문제는 다 끝난 것 같네요."

"우리 문제는?"

"네. 확인해야 할 게 있어서요."

노형진은 떨떠름한 얼굴로 말했다.

"아무래도 제가 나서야 할 일이 있을 것 같아요."

노형진은 서울에 올라오자마자 청와대에 연락해서 송정한과 약속을 잡았다. 그리고 찾아가 이야기를 나눴다.

"마약 단속? 그거야 집중 단속하라고 자네가 조언한 거 아닌가?"

"맞습니다. 지금 한국에는 마약이 엄청나게 심각하게 유통되고 있으니까요."

"그런데 그게 왜?"

"실수했습니다."

"마약 단속을 하지 말라는 건가?"

"그게 아닙니다. 다만 체계적인 방법을 찾아야 했습니다."

"방법이라니?"

"이게…… 경찰의 속성을 잊고 있었습니다."

노형진은 자신의 아버지가 당한 일을 이야기해 줬다.

자초지종을 들은 송정한은 어이가 없어졌다.

"황당한 일이군."

"황당한 일이죠. 하지만 이게 단순한 해프닝이 아니라는 게 문제입니다."

"해프닝이 아니라니?"

"정권마다 박멸하려고 노력하는 범죄가 있지요."

"그렇지."

모든 범죄를 한꺼번에 집중적으로 박멸할 수 있는 건 아니다. 그래서 주기적으로 돌아가면서 하나씩 붙잡고 박멸하는 편이다.

"전 정권에서 집중적으로 박멸하려고 한 게 뭔지 아시죠?"

"성범죄 아닌가? 그리고 내가 박멸하려고 하는 건 마약이고."

지난 정권에서 성범죄 박멸을 외쳤다면 송정한은 마약의 박멸을 외치고 있다.

그럴 수밖에 없는 게, 이제 한국에서 마약은 단순히 일부의 문제가 아니기 때문이다.

고등학생들에게까지 마약을 파는 상황이고, 그중에서도 일부는 학생 신분임에도 아예 자기들이 마약 딜러 노릇을 할 정도로 현재 한국에서의 마약 유통 문제는 심각하다.

"그런데 지난 정권이 성범죄 박멸을 외칠 때, 무고의 비율도 엄청나게 치솟았습니다."

"응?"

"사회적으로 무고죄에 대한 불안감이 양산되고 동시에 극단적 대립이 시작되기 시작했죠."

"하긴, 그건 그랬지."

"그게 단순히 여성 단체의 문제일까요?"

송정한은 그 말에 눈을 찡그렸다. 그러고는 심각한 얼굴로 말했다.

"그게 아니라고 생각하는 건가?"

"네. 지난 정권에서 성범죄 박멸을 외칠 때의 가장 큰 문제가 바로 '유죄 추정의 원칙'입니다."

"끄응."

"아시겠지만 그게 한번 인정되기 시작하자 모든 게 틀어졌죠."

성범죄는 구조적으로 증명이 쉽지 않다.

그걸 문제 삼는 여성 단체, 성범죄 박멸을 외치는 정부, 그리고 자극적인 소재만 찾는 언론 등등 온갖 문제가 얽히자 어느 순간 성범죄는 유죄 추정의 원칙으로 굴러가기 시작했다.

즉, 검찰이나 경찰이 죄를 증명하는 게 아니라, 여자가 성범죄를 당했다고 주장하는 순간 가해자로 지목된 사람이 자신이 아무 짓도 안 했다는 걸 증명해야 한다는 거다.

"그리고 그게 어떤 문제를 일으켰는지 아시죠?"

"모를 수가 없지."

가해자로 지목된 사람이 자신의 무죄를 증명해야 하는데, 수사권도 없고 아무런 권한도 없는 그가 증명하는 건 불가능했다.

"결국 기소율은 엄청나게 치솟았고, 경찰에서는 성범죄를 박멸하는 데 성공했다고 자화자찬했죠."

"그랬지."

"하지만 그 후에 연구 결과가 어땠습니까?"

"으음."

사회학자의 연구에 따르면 그렇게 치솟은 성범죄의 30% 이상은 무고일 가능성이 높다고 했다.

단순히 신고가 늘었기 때문이 아니라는 것.

그도 그럴 게, 세상에 어떤 놈이 집중 단속하고 있는데 범죄를 저지르겠는가?

음주운전 단속을 어디서 한다고 예고하면 술 마신 사람들은 그 주변에는 얼씬도 하지 않는 게 정상이다.

심지어 정권 내내 그거 박멸한다고 홍보하고 온갖 쇼를 했는데 매년 숫자가 줄어들기는커녕 늘었다.

"실제로 무고죄의 비율도 엄청 늘었죠."

농담이 아니다.

원래 무고죄는 경찰에서도 거의 인정을 하지 않는 범죄 중 하나였다. 그런데 그게 늘었다는 건, 그만큼 관련 사건이 늘었다는 의미다.

"실제로 그러한 범죄로 인해 국가 내부의 분란은 엄청 심해졌죠."

"그렇지."

"단순히 남녀 간의 분란만의 문제도 아니죠. 지금 대한민국 사법 시스템의 가장 큰 문제가 뭔지 아시죠?"

"알지."

"처음이 어렵지 두 번은 쉬운 법이니까요."

그건 다름 아닌 유죄 추정의 원칙의 확대.

처음에는 분명 성범죄만이 그 대상이었다. 하지만 지금 검찰에서는 거의 모든 범죄에 유죄 추정의 원칙을 들이대고 있다.

죄가 없다? 그러면 본인이 직접 그걸 증명해야 한다.

심지어 방송에 나와서도 대놓고 그리 말한다.

"하지만 그건 성범죄에만 해당되는 게 아니었나?"

"애석하게도 아닙니다. 사실 애초에 그런 특례 조항도 없지 않습니까?"

헌법에도 성범죄에 관한 법률 그 어디에도 '성범죄는 유죄 추정의 원칙을 적용한다.'라는 규정 따위는 없다.

그나마 가장 가까운 게 대법원에서 정한 '성 인지 감수성을 기반으로 한 수사'라는 건데, 이 성 인지 감수성이라는 건 유죄 추정의 원칙으로 수사하라는 게 아니라 성범죄 피해자의 경우 심리적 부담과 다른 이유로 고발을 주저할 수도 있고 진술 과정에서 착오가 있을 가능성이 있으니 그걸 감안해서 수사하라는 거다.

"하지만 경찰은 그게 아니었죠."

고발을 당했는데 그 날짜에 다른 곳에 있었음을 증명한다?

그러면 진술을 바꾼다.

그런데 그 날짜도 아니다?

그러면 또 진술을 바꾼다.

그런데 그 날짜도 아니다?

그러면 또 바꾼다.

"사실 그 정도면 무고를 의심해야 하죠."

하지만 그게 아니라, 경찰은 고발당한 사람이 자신의 무죄를 증명하지 못할 때까지 진술을 바꿀 기회를 준다.

"하긴, 그게 문제이기는 하지."

유죄 추정의 원칙.

그렇게 확대되기 시작한 유죄 추정의 원칙은 지금 검찰을 지배하고 있다.

오죽했으면 일부 판사들이 재판정에서 검사들에게 대놓고 유죄 추정의 원칙으로 사건들을 들이밀지 말라고 호통을 칠 정도였다.

그럼에도 불구하고 고쳐질 조짐이 보이지 않는다는 게 문제지만.

"흠……."

노형진의 말에 송정한은 얼굴이 굳어졌다. 틀린 말이 아니니까.

"유죄 추정의 원칙이라……."

"지금 한국은 법의 대원칙이 깨진 겁니다."

모든 피고인은 무죄로 추정한다.

"이게 깨지면 그 피해는 어마어마합니다."

자신의 무죄를 증명하는 건 쉽지 않다.

어렵게 증명해 내도, 시간과 장소를 바꿔 가면서 다시 기소하면 어느 순간 결국은 걸리고 만다.

"이번 사건도 그 연장선이라 이건가?"

"맞습니다. 저희 아버님이 죄가 없다는 걸 어떻게 증명했겠습니까?"

새가 와서 똥 싸는 걸 보여 주는 걸로 증명할 수 있겠는가? 아니면 양귀비에 상처가 없다는 걸로 증명할 수 있겠는가?

"경찰의 논리는 한결같더군요."

─네가 마약 딜러가 아니라는 걸 증명하라.

법대로라면, 반대로 그들이 마약 딜러라는 걸 증명해야 한다.

더군다나 자생적으로 양귀비가 자라는 사건이 한두 건이 아니다.

누군가는 신고하고 다른 누군가는 이번처럼 모르고 키우기도 한다. 때로는 순찰 돌던 경찰이 길 바로 옆에서 자생하고 있던 양귀비들을 발견해서 수거한 경우도 있다.

"유죄 추정의 원칙을 없애야 한다……."

"그걸 없애지 않으면 사법 시스템이 무너질 겁니다."

"하긴, 그건 사실이지."

이미 유죄 추정의 원칙이 얼마나 많은 문제를 일으켰는지 변호사 출신인 송정한은 누구보다 잘 안다.

"더군다나 이 문제에 관해서는 정부도 책임이 있고요."

"정부에 책임이 있다고?"

"네. 마약 박멸을 발표하셨잖습니까?"

"그렇지."

"그러면 그 방법은 뭡니까?"

"당연히 수사와 처벌의 강화지."

"아뇨. 청와대가 아니라 경찰이나 검찰에서 마약 유통을 박멸할 계획 말입니다."

"경찰이나 검찰의 계획?"

"네."

그 말에 송정한은 한참 고민했다.

그 부분에 대해서는 생각해 본 적이 없으니까.

대통령이 목표를 결정해서 내려보내면 아래에서는 구체적인 계획을 세워 실행한다. 그게 일반적인 과정이니 어떻게 박멸할지, 그 계획을 대통령이 고민할 이유는 없다.

하지만 고민은 짧았다. 왜냐하면 송정한은 대통령이기 이전에 그런 사건에서 억울한 피해자들을 위해 싸웠던 변호사이니까.

"인사고과와 특진이군."

"맞습니다."

대통령이 마약을 박멸하겠다고 하면 경찰청장과 검찰총장은 해당 사건에 대해 인사고과와 특진을 건다. 그리고 그걸 노리고 수사가 시작되는 것이다.

"예단이 들어가는 거군."

송정한은 순간 문제를 알아차리고 그대로 얼굴을 부여잡았다.

"맞습니다."

경찰에서는 예단을 하고 수사를 진행할 거다. 예단 수사는 금물이지만, 문제는 그걸 완전히 막을 방법 같은 건 없다는 거다.

"더군다나 이게, 예단 수사를 한다고 해도 처벌 방법이 없습니다."

"그렇군."

똑같은 범죄라고 해도 집중 단속 시기가 되면 그 인사고과가 서너 배가 되어 버린다.

동일한 노력으로 더 많은 승진 점수를 올릴 수 있고 잘만하면 특진도 노릴 수 있으니, 당연하게도 경찰들은 어떻게든 죄인을 만들어 내려고 한다.

"그러한 예단 수사와 법적으로 금지된 유죄 추정의 원칙이 결합되면 어떤 문제가 생기겠습니까?"

"답이 보이지 않는군."

"네. 그나마 마약의 경우는 그럴 가능성이 작음에도 불구하고 벌써 이 지경입니다."

마약 사범의 경우는 대부분 마약을 하기에, 혈액검사를 통해 투약 여부를 확인할 수 있다.

하지만 그럼에도 불구하고 마약 판매라는 죄를 뒤집어씌우기 위해 예단 수사를 하는데, 하물며 다른 범죄들은 어떨까?

"예단 수사와 유죄 추정의 원칙을 어떻게 막아야 할지 모르겠군."

송정한은 심각한 얼굴이 되었다.

"단순히 검찰을 조진다고 해서 될 문제가 아니야."

"그렇죠."

대통령이 유죄 추정의 원칙을 쓰지 말라고 해서 안 쓸까?

이미 검찰과 경찰은 유죄 추정의 원칙으로 수사상에 엄청난 편의성을 얻고 있다.

가만히 앉아서 '너 유죄'라고 못 박아 버리면 피해자는 억울해서라도 무죄를 증명하기 위해 노력하는데, 그렇게 증거를 가져오면 일을 대충 하고도 풀어 줄 수 있고 반대로 못 가져오면 감옥에 넣어서 실적을 챙길 수 있으니까.

"그렇다고 이제 와서 내가 나서서 기자회견을 하는 것도 애매해지 않나?"

"그렇죠."

차라리 대통령 후보라면 나서서 '유죄 추정의 원칙을 없애야 합니다.'라고 말할 수 있다.

하지만 대통령이 된 이상 삼권분립에 철저하게 묶여 버린다.

검찰이나 경찰의 그런 행동에 대해 쉽사리 말하기 힘들다.

사람들은 대통령이 다 알면서도 말하지 않는 거라고 생각하지만 사실 말 못 하는 거다.

대통령에게 있어서 검찰과 경찰은 부하지만 동시에 견제 기구로서의 의미도 있기 때문이다.

그럼에도 불구하고 송정한이 나서서 한 소리 하면?

"삼권분립 운운하면서 헌법을 어겼다고 지랄하겠죠."

자유신민당과 민주수호당은 송정한과 함께 갈 수가 없다.

그들은 어떻게든 송정한을 막아야 자신들이 살아남을 수 있다는 걸 알고 있기에 뭐라도 핑계가 생기면 무조건 물어뜯으려고 할 거다.

"가장 좋은 방법은 국회에서 나서서 통제해 주는 건데……."

"힘들죠. 지금 국회에 그런 데에 신경을 쓸 틈이 어디 있습니까?"

"그건 그렇지."

각 정당들은 현재 바로 코앞에 닥친 지방선거에 최선을 다하고 있다. 그건 우리국민당도 마찬가지다.

"그렇다고 내가 이제 우리국민당에 뭐라고 할 수도 없고."

송정한이 우리국민당의 전 당수이지만 대통령이 되는 순간 거리를 둬야 하는 것이 규칙이다.

협조야 요청할 수 있겠지만 그 자체가 조심스럽다.

"그렇다고 유죄 추정의 원칙으로 기소할 수도 없고."

물론 기소하려면 할 수는 있다.

문제는 기소권이 유죄 추정의 원칙을 실질적으로 운영하고 있는 경찰과 검찰에 있다는 것.

"공수처에서 수사하기에는 부족하지."

고위 공직자 수사처, 즉 공수처는 고위 공무원의 범죄를 수사하는 곳이다.

문제는 이 유죄 추정의 원칙이 과연 범죄에 들어가는 것이냐는 거다.

"기껏해야 전형적인 복지부동인데."

그런데 공무원의 복지부동, 즉 소극적 행정행위는 공수처 수사 대상이 아니다.

"그러면 자네는 어떻게 했으면 좋겠나?"

"이건 검찰 내부에서 해야 합니다."

"검찰 내부에서 무슨 수로 말인가?"

"나갈 사람을 이용해야지요."

"나갈 사람?"

"네."

노형진은 고개를 끄덕거리며 말했다.

"스타 검사들을 이용하는 겁니다."

"스타 검사들? 그들이 나간다고?"

"일부는 나갈 겁니다."

스타 검사는 국민들에게 관심을 받으면서 공정하게 수사하는 집단으로, 새론에서 키운 이들이다.

"그들이 다 남아서 승진하는 건 아니니까요."

그들 중 일부는 일찌감치 나가려는 모습을 보인다.

누군가는 검사로 남아 최고의 자리에서의 개혁을 꿈꾸기도 하지만, 다른 누군가는 검찰청에서 나가 스타 검사라는 타이틀로 돈을 벌고 싶어 하기도 하니까.

"그리고 올해도 적지 않은 스타 검사들이 나갈 겁니다."

"그러겠지."

"그러니까 그들에게 일을 맡기는 겁니다. 왜 기업들이 정리해고가 필요할 때 외부에서 일을 맡길 사람을 데려오겠습니까? 칼을 휘두를 사람은 원래 그 조직에서 미래가 없어야 합니다."

그래야 보복을 두려워하지 않고 주저 없이 칼을 휘두를 수 있다.

"검찰총장을 임명하셔야지요?"

"그렇지, 그래. 끄응. 그런데 쉽지 않아."

검찰총장을 새롭게 임명해야 한다. 그런데 그게 쉽지 않다.

당연하다.

검찰총장은 정치적으로 아주 중요한 자리다.

그 칼이 어디로 향할지는 아무도 모르니까.

"현 검찰총장의 평가가 좋습니까?"

"좋다고 볼 수는 없지."

전 정권에서 권력층과 어느 정도 타협하면서 선택한 게 현 검찰총장이고, 퇴임할 때까지 결국 그를 쳐 내지는 못했다.

워낙 손에 쥔 칼이 위험한 검찰이다 보니 다른 사람으로 바꾸려 할 때마다 기득권을 가진 국회에서 눈을 까뒤집고 반대했기 때문이다.

"그래도 바꿔야 하지 않습니까?"

"그건 그렇지."

정권이 바뀌면 검찰총장이 바뀌는 건 당연하다.

"그런데 마땅한 인재가 없어."

"하긴, 그렇지요."

"그렇다고 내가 스타 검사를 뽑을 수도 없고. 무슨 말인지 알지?"

"알죠."

검사들은 나라나 국민이 아니라 검찰이라는 조직에 충성한다. 군대에서 일부 장교들이 조국이 아닌 장군에게 충성을 바치듯이 말이다.

그 말은, 검사 출신 중 누구를 뽑든 그는 검찰을 위해 일하지 나라를 위해 일할 가능성은 높지 않다는 거다.

그렇다고 스타 검사를 뽑는다?

일단 스타 검사의 대부분이 그 정도 연차가 안 되는 데다가, 스타 검사가 새론에서 키운 이들이라는 건 딱히 비밀도 아니다. 스타 검사 중에서 검찰총장을 뽑으면 당연히 낙하산이니 뭐니 하며 송정한을 물어뜯을 거다.

"자유신민당과 민주수호당이 날 물어뜯는 거야 두렵지 않지만 그것 때문에 개혁이 방해받으면 곤란해."

"그러니까 스타 검사를 이용해서 기소하죠."

"기소를 하자고?"

"네. 어차피 나갈 사람이니까, 외부에는 개혁을 시도하다가 쫓겨나는 걸로 보여 주면 됩니다."

"오호?"

"더군다나 이 유죄 추정의 원칙에 대해서는 누구나 알고 있지 않습니까?"

"그렇지."

대부분의 사람들은 모든 범죄에 무죄 추정의 원칙이 적용된다는 걸 알고 있다. 하지만 동시에 한국은 유죄 추정의 원칙으로 굴러가고 있다는 것도 알고 있다.

그걸 고칠 방법이 없기에 결국 그저 당하고 있을 뿐이다.

그런데 검사 중 누군가 그걸 문제 삼아 물고 늘어지기 시작하면 당연히 이슈가 될 수밖에 없다.

"실제로 그걸 할 사람이 있나?"

"그렇잖아도 한 명이 나가려고 하더군요."

"누군데?"

"윤영지 검사가 나갈 생각이더군요."

"뭐? 왜?"

그 말에 송정한은 깜짝 놀랐다.

윤영지는 능력이 출중해서, 내부에서도 많은 기대를 받는 검사였다.

원래는 권력자 쪽이었지만 부패한 검찰에 충격을 받고 스타 검사 쪽으로 넘어온 사람이었다.

"정권이 바뀌면서 부담스러워졌다고 하더군요."

"부담스럽다고? 원래 이쪽이 아니어서?"

"아니요. 그건 아니고, 부담스러운 건 저쪽이랍니다."

"저쪽?"

"대부분 자리를 잃어버리지 않았습니까?"

"그랬지."

윤영지 검사야 진실을 알고 이쪽으로 넘어왔다지만 대부분의 검사나 권력자는 그게 아니었다.

그들은 노형진과 싸우면서, 세상이 바뀌면서, 정권이 바뀌면서 대부분 자리도, 권력도 잃어버렸다.

그래서 그들은 지금도 과거의 영광을 되찾고 싶어 한다.

문제는, 접촉할 곳이 없다는 거다.

"하지만 윤영지 검사는 아니죠."

"끄응, 그렇지."

그들 눈에는 변절자이지만 권력에 가장 가까이에 있기에, 필요하다면 자신들에게 자리를 줄 수 있는 사람으로 보이는 것이다.

"자신에게 과거의 인연이 자꾸 청탁을 해 오는 게 부담스럽다고 하더군요."

"끄응, 그렇겠지."

한때 검찰총장이 될 거라고 기대받았던 윤영지 검사다. 그런 만큼 당연히 기득권과의 선을 아예 끊어 버릴 수는 없다.

"윤영지 검사 말로는 집안 문제나 여러 가지 문제로 자신이 그들과 선을 끊어 버리는 게 불가능하니 차라리 자신과 권력의 선이 끊어지는 게 맞다고 하더군요."

"무슨 말인지 알겠군."

더 이상 권력과 선이 없는 윤영지 검사에게 그들이 계속 매달릴 리가 없다. 그런 인간들이니까.

"아쉽군."

"아쉬울 것까지는 없습니다. 어차피 이렇게 될 거라고 예상은 하고 있더군요."

노형진은 고개를 끄덕거리며 말했다.

"그러면 윤영지 검사가 이 건을 물고 늘어지면 되는 건가?"

"우리가 부탁하면 기꺼이 들어줄 겁니다."

어차피 나가면 변호사로서 활동해야 한다. 그리고 정의로운 검사라는 이미지는 변호사 개업 초창기에 도움이 된다.

불의에 저항하다가 그만둔 검사라는 이미지는 더더욱 그렇다.

"그런데 그걸로 끝인가?"

"끝일 리가요."

노형진은 어깨를 으쓱했다.

"그게 시작입니다."

노형진은 이번 기회에, 언제부턴가 한국에 자리 잡은 유죄 추정의 원칙을 완전히 박살 낼 생각이었다.

복지부동의 한국

"하긴, 공무원들의 복지부동이 장난 아니긴 하죠."

윤영지 검사는 눈을 찡그리며 말했다.

"특히 검사들과 경찰들은……."

"그렇죠."

경찰과 검찰은 죄를 밝혀야 하는 사람들이다. 그 때문에 수사권이라는 걸 주는 거다.

그런데 어느 순간 그들은 철저하게 죄가 되는 증거만 수집하고 무죄가 되는 증거는 수집하지 않는다.

법적으로 검사나 경찰이 무죄의 증거를 알고도 감출 수는 없다.

그러면 방법이 없느냐?

있다. 아예 처음부터 그 무죄의 증거를 수집하지 않으면
된다.

"그런 게 한두 건도 아니고."

실제로 경찰은 수사 중 무죄를 추정, 아니 확신할 수 있는
증거가 나오면 그대로 시선을 돌린다. 그러고는 나중에 '몰
랐다.'라고 말한다.

하지만 조사해 보면 몰랐던 게 아니다. 알면서도 증거를
가져가지 않은 거다.

실제로 어떤 피해자가 자신의 무죄를 증명할 영상을 찾는
데 성공했는데, 나중에야 그 영상의 주인이 경찰이 이걸 확
인하고 갔다는 걸 증언하기도 했다.

즉, 경찰은 무죄인 걸 알면서도 실적을 올리기 위해 고의
로 무죄의 증거를 은폐한 것이다.

심지어 그게 있다는 걸 알면서도 아예 수거도 하지 않았
다. 제출할 생각이 없었으니까.

"하지만 복지부동으로는 처벌할 수가 없잖아요."

"그렇죠. 오죽하면 복지부동이라는 말이 생겼겠습니까?"

"네? 복지부동이라는 말이 생겼다니요?"

그 말은 사자성어가 아닌가? 그런데 생겼다니.

노형진은 피식 웃었다.

"아, 오해하셨군요. 하긴, 복지부동이 사자성어라고 많이
들 착각하시죠. 하지만 사실 복지부동은 사자성어가 아닙니

다. 뭐, 형태나 목적은 똑같지만 신조어에 가깝죠."

"이게 신조어라고요?"

"네, 그것도 한국에서 생긴 신조어입니다."

복지부동은 한국의 공무원들이 배를 쫙 깔고 일하지 않는 걸 비꼬기 위해 만들어진 단어다.

"그랬나요?"

"그만큼 한국의 고질적인 문제라는 거죠."

"하긴, 그건 그렇죠."

문제는 공무원의 그 복지부동을 처벌할 근거가 없다는 거다.

그나마 공무원 규정 중에 소극적 행정이라는 단어가 있다.

해야 하는 업무를 안 하고 고의적으로 뭉그적거리며 시간을 끄는 행동을 하는 경우에 소극 행정으로 민원을 넣을 수는 있다.

"문제는 그게 민원의 대상일 뿐이라는 거죠."

법적으로는 처벌할 수 없다.

그러나 애초에 가장 큰 문제는 그 민원을 받는 조직이 검찰과 경찰이라는 거다.

"사법 시스템 내 조직의 팔이 안으로 굽는 게 어느 정도인지는 노 변호사님이 누구보다 잘 아시잖아요?"

"맞습니다. 그래서 생각한 게 업무상 배임으로 넣는 겁니다."

"업무상 배임요?"

"네."

"힘들죠, 그건."

업무상 배임이란 남의 업무를 하는 자가 그 업무에 소홀함으로써 피해를 주는 행위를 의미한다.

문제는, 업무상 배임으로 처벌하려면 금전적인 이익을 취해야 한다는 것이다.

즉, 단순히 일하지 않아서 피해를 주는 게 아니라 돈을 목적으로 일하지 않아 피해를 주는 경우에만 가능하다는 뜻.

"차라리 성범죄의 경우는 가능하죠."

예를 들어 성범죄를 처리하는 검사가 일을 제대로 하지 않은 탓에 어쩔 수 없이 피해자가 꽃뱀과 합의한 경우 그로 인해 재산적 이득을 얻은 꽃뱀이 있기 때문에 업무상 배임이 가능하지만, 그게 아니라 진짜로 일하기 귀찮아서 대충 시간만 때우고 수사를 하지 않는 바람에 합의도 없이 형사처벌로 넘어가 버리는 경우에는 업무상 배임을 비롯한 어떤 것도 성립되지 않는다.

"그래서 문제인 거예요."

소극적 행정으로 민원을 넣어 봐야 경찰이나 검찰 입장에서 국민들은 시간이 지나면 잊어버릴 개돼지일 뿐이니까.

자기들이 일을 하지 않으면 누군가의 인생이 망가지겠지만, 알 게 뭔가? 자기가 귀찮은 게 우선인데.

"그래서 제가 새로운 방법을 찾아왔습니다."

"업무상 배임 말고요?"

"네. 일단 검사를 기소하는 건 현실적으로 불가능하죠."

"그건 그래요."

"그러니까 검사에게 소송을 거는 거죠."

"소송이라니요?"

윤영지는 이해가 되지 않는다는 듯 고개를 갸웃했다. 그러다가 이어지는 말에 눈이 커졌다.

"설마 복지부동, 아니 소극적 행정으로 형사소송을 걸겠다는 말씀이신가요? 그건 처벌 규정도 없는데요?"

"형사가 아니라 민사로 걸어야지요."

"아니, 잠깐, 그게…… 가능하기는 한데……."

일단 손해가 발생했고 그 손해에 대해 증명할 수 있다면 손해배상을 받을 수 있다.

문제는 증명이다.

상대방이 유죄 추정의 원칙을 어겼다는 걸 어떻게 증명한단 말인가?

"그게 문제잖아요."

그들이 제대로 일하지 않았다는 걸 증명해야 한다. 그러나 그와 관련된 자료를 구하는 건 쉬운 일이 아니다.

일단 검찰에서 그런 자료를 줄 리가 없으니까.

"알고 있습니다. 그러니까, 윤영지 씨가 도와주셔야 합니다."

"제가 어떻게요? 저는 검사로서 민사를 도와줄 수 있는 방법이 없어요."

자신이 담당했던 사건이라면 그나마 이해하고 관련 자료라도 건네줄 수 있겠지만, 그게 아니라면 해 줄 수 있는 게 없다.

"한마디면 됩니다."

"한마디?"

"네. '현재 검찰은 유죄 추정의 원칙으로 운영되고 있다.'"

"그거야……."

"틀린 말은 아니지 않습니까?"

"그건 그래요. 심각하기도 하고."

어느 정도로 유죄 추정의 원칙이 심각하냐면, 현직 부장판사들이 모여서 대놓고 '성범죄를 무죄 추정해 봐야 무슨 의미가 있냐? 상급심에 가면 사건의 진실과 상관없이 무조건 유죄로 되돌아오는데.'라고 인터뷰를 할 정도로, 대한민국은 유죄 추정의 원칙이 상시 운영되는 시점이다.

법원은 경찰이나 검찰 조직만큼이나 상명하복이 충실한 조직이다.

그런데 그런 조직에서 부장판사급 고위 판사가 대놓고 항의할 정도면 이제는 경찰이나 검찰뿐만 아니라 대법원조차 유죄 추정의 원칙으로 굴러간다는 소리다.

그런데 웃긴 건, 정작 검찰이나 경찰 소속의 소위 법률 전문가라는 사람은 유죄 추정의 원칙이라는 말 자체가 없다고 주장한다는 거다.

유죄 추정의 원칙이라는 것 자체가 구조적으로 불가능하다고 주장하기도 한다.

"하지만 질문을 바꾸면 이야기가 달라지죠."

법률 전문가에게 '진짜로 대한민국의 법은 안전하며 억울함을 해결해 줄 수 있습니까?'라고 물으면 어떤 답변이 나올까? 황당하게도 '아니요. 절대 그럴 수 없습니다.'라는 답변이 나온다.

"끄응."

억울한 사람이 있다면 당연히 무죄 추정의 원칙에 따라 무죄가 나와야 한다.

하지만 법률계의 기본 상식은, 자신의 억울함은 자신이 해결해야 한다는 거다.

"웃기지 않습니까?"

그래 놓고는 유죄 추정의 원칙이 없단다.

"심지어 검사나 형사만 그러는 게 아니에요."

판사들도 가만히 앉아서 피고인에게 자신이 무죄라는 증거를 가져오라고 한다.

"대부분의 경우 피고인이 자신이 억울하다는 증거를 찾아야 하죠."

그걸 가져오지 않는다? 그러면 변호사의 답변서는 어떻게 될까?

변론이 아니라 온갖 감성적인 변명으로 가득해진다.

무슨 노래처럼 우리 집은 어려서부터 가난했다는 말부터 노력했지만 사회가 배신했다는 말까지, 온갖 변명으로 가득한 변명서가 변론서를 대체한다.

"저희 새론이 견제받는 이유와 동시에 존경받는 이유가 뭔지 아시죠?"

"알죠. 그래서 제가 그만두고 새론으로 가려는 거니까."

새론은 기본적으로 모든 사건을 의뢰인과 함께 진행한다.

단순히 답변서를 보여 주고 허락을 받아 서류를 보낸다는 의미가 아니다.

의뢰인과 함께 사건을 수사하면서 무죄를 주장하기 위해 어떤 자료가 필요한지 확인한 뒤, 그걸 새론에서 얻을 수 없으면 의뢰인에게 요청해서 가져오라고 한다.

물론 가져오라고 하는 거야 다른 곳과 똑같다.

하지만 다른 점은, 어디서 어떻게 해당 자료와 증거를 얻을 수 있는지를 알려 주고 필요시 직원을 파견해서 돕는다는 것이다.

다른 변호사처럼 '무죄인 증거를 가져오세요.'라고 한마디 딱 던지는 것으로 끝이 아니라는 거다.

"중요한 건 행동이죠. 유죄 추정의 원칙은 존재하지만 존재하지 않습니다. 무죄의 증거가 있다는 걸 알리기 싫어서 아예 접수조차 하지 않는 것과 마찬가지로 말입니다."

존재하지 않는다고 주장하면 존재하지 않는 것이 되는 것처럼, 검찰과 경찰은 '그런 건 없습니다.'라면서 유죄 추정의 원칙으로 사건을 수사한다.

"그러면 제가 할 일은 하나뿐이군요."

"유죄 추정의 원칙을 인정해 주세요, 기자회견을 통해서."

"흠."

현직 검사, 그것도 부장검사급의 고위 검사인 윤영지가 한국의 경찰과 검찰의 유죄 추정의 원칙 적용을 성토하며 기자회견을 하면 어떻게 될까?

"검찰에서든 경찰에서든 그런 건 없다고 주장하겠네요."

"하지만 판례는 넘치죠."

유죄 추정의 원칙을 적용한 판례와 사례는 넘칠 수밖에 없다. 왜냐, 오랜 기간 그래 왔으니까.

"그러면 반대로 증명해야 하는 건 우리가 아닌 검찰이나 경찰이 됩니다."

"무슨 소리인지 알겠어요. 사실상 검찰에서 매장당할 수밖에 없군요."

"맞습니다."

아무리 스타 검사라 해도 그런 발표를 하면 더 이상 검찰로서의 활동은 불가능하다.

"하지만 그간 그런 시도가 없었던 건 아니잖아요? 새론의 무고죄 방어 방식을 보면……."

"알고 있습니다."

새론에서 노형진이 만든 성범죄 관련 커리큘럼을 보면, 일단 판사들이 유죄 추정의 원칙을 적용시키는지부터 확실하게 확인하게끔 되어 있다.

그러면 당연히 판사는 아니라고 말할 테니, 그 후로 검사가 제출하는 '무죄의 증거가 없습니다.'라는 말은 무죄 추정의 증거에 막혀서 효과를 발휘하지 못하게 되기 때문이다.

판사가 자기 입으로 유죄 추정의 원칙을 적용하지 않는다고 말한 이상 그걸 적용하려 할 때 심적 부담을 느낄 것을 이용한 것이다.

"하지만 그건 각 사건의 판례를 기준으로 하는 거죠. 정확하게는 각 사건마다 그 짓거리를 해 왔죠. 하지만 이번에는 다릅니다. 아예 유죄 추정의 원칙이 존재한다는 걸 증명해 버릴 겁니다."

기존에는 '혹시나 유죄 추정의 원칙을 적용하지는 말아 주세요.'라는 수준이라면 이제는 '경찰과 검찰은 유죄 추정의 원칙으로 굴러갑니다.'라고 못 박아 버리는 것.

그렇게 되면 기소하는 입장에서는 그걸 피하기 위해 노력해야 한다.

"노력의 주체가 바뀌는군요."

"원래대로 돌아가는 겁니다."

고발된 사람이 무죄를 증명하는 게 아니라 검찰이 죄를 증명하는 것으로 말이다.

그 말에 윤영지는 한참을 고민했다. 하지만 이내 고개를 흔들었다.

"어차피 고민할 이유가 없군요. 제가 검사를 그만둔 후에는 새론으로 갈 테니까."

"맞습니다. 뭐, 거절하신다고 해도 저희가 새론으로 오시는 걸 안 받아들이거나 하지는 않을 겁니다만."

"아니, 거절할 이유가 없다니까요. 저도 지금 유죄 추정의 원칙 문제에 대해 심각하게 생각하는 사람이니까요."

"그러면……?"

"제가 어떻게 해야 하나요?"

준비되었다는 듯 똑바로 쳐다보는 윤영지의 모습에 노형진이 씩 하고 미소를 지었다.

"폭탄을 터트리면 됩니다."

⚖

폭탄을 터트리는 건 어렵지 않다.

물론 고작 부장판사 한 명이 인터뷰를 하는 걸로 기자들이 그렇게 많이 모이지는 않을 거다.

하지만 새론과 마이스터에서 지원해 주자 기자들은 한순간 모여들었다.

새론과 마이스터에서 지원해 주는 것이니 절대로 가벼운 이야기가 아닐 거라고 확신했기 때문이다.

그리고 예상대로 이야기가 시작되자마자 기자들은 웅성거리기 시작했다.

"현재 대한민국에서 헌법적 권리인 무죄 추정의 원칙은 사실상 사라졌습니다. 많은 사건에서 사건의 처리는 유죄 추정의 원칙에 따라 이루어지고 있으며, 이를 거부하거나 부정할 시 그에 따른 보복을 당합니다."

"그게 무슨 말입니까? 무죄 추정의 원칙이 공식적으로 폐기되었단 말입니까?"

"물론 공식적으로 폐기된 건 아닙니다. 독재국가도 아니고 그걸 공식적으로 폐기할 수는 없죠. 하지만 사실상 폐기 상태라고 봐야 합니다."

윤영지의 말에 기자들은 모두 놀랐다.

그들도 무죄 추정의 원칙을 모를 정도로 바보는 아니니까.

"그러니까 지금 한국은 무죄 추정의 원칙을 무시하고 판단하고 있다는 거 아닙니까? 그거 너무 억측 아닙니까?"

기자 중 일부는 말도 안 된다는 듯 바로 태클을 걸었다.

확실히, 무죄 추정의 원칙이 폐기되었다는 표현은 그냥 무시할 수 없는 수준의 말이니까.

하지만 과연 윤영지가 그것도 모르고 그렇게 말했을까?

"기자 여러분들도 아실 겁니다. 사람과 자동차가 부딪혀

교통사고가 나면 누구의 잘못이죠?"

"당연히 자동차 잘못이죠?"

"아닙니다. 먼저 법을 위반한 사람이 잘못이죠."

그 말에 몇몇 기자들이 묘한 표정을 지었다.

그도 그럴 게 실제로 자동차와 사람이 사고가 나면 경찰은 교통 약자를 보호한다는 이유로 거의 대부분 차량 운전자에게 책임을 묻기 때문이다.

"대부분의 국민들이 그런 일을 겪죠. 예를 들어 그 교통사고의 당사자가 자살하기 위해 주행 중인 차 앞으로 뛰어들었다면 그 책임은 뛰어든 사람이 져야 합니다. 하지만 현재 교통사고 처리 방식을 보면, 그 사람의 자살 가능성은 전혀 따지지 않고 그냥 운전자가 일단 책임지라고 해 버립니다. 개인의 자실 시도 책임을 왜 애먼 운전자가 져야 하죠?"

"그건 그런데……."

"애초에 이런 사건에 대한 판단은 유죄 추정의 원칙에서 시작되었다는 게 핵심입니다."

과거에는 블랙박스가 없었기에 교통 약자를 보호한다는 핑계로 그런 판단을 했다.

최소한 운전자는 보험사라는 방패가 있고, 피해자라고 주장하는 보행자에게는 아무것도 없으니까.

"그게 바로 유죄 추정의 원칙입니다. 법원에서 유죄라고 판단하는 것뿐만 아니라, 유죄 추정의 원칙은 생각보다 우리와 아주 가까운 곳에 있습니다."

순간 기자들은 아무런 말도 하지 못했다.

지금 하는 말들이 단순한 투정이 아니라 사회를 뒤흔들 일의 발단이라는 걸 알아차린 것이다.

"그러한 유죄 추정의 원칙을 기반으로 경찰은 사건을 쉽게 해결할 수 있었습니다. 노력하는 대신에 한 사람에게 뒤집어 씌우면 그만이죠. 그래서 자연스럽게 자해 공갈단이 판쳤고, 그 손실을 막기 위해 보험사들은 보험료를 올렸고, 결국 차량용 블랙박스를 다는 사람들이 늘어났죠."

"그건 그렇지."

누군가 중얼거렸다.

실제로 과거에는 자해 공갈단 뉴스가 하루가 멀다 하고 튀어나왔다.

길 가다가 차에 부딪힌 다음 그대로 드러누워서 고래고래 소리만 지르면 몇 달 치 월급이 나오니 누가 그렇게 안 하겠나?

"하지만 자해 공갈단은 블랙박스가 나타나면서 사라졌잖아요?"

"그렇지요. 하지만 여전히 경찰은 사람 대 자동차 또는 자전거 대 자동차의 사고가 나면 일단 차량 운전자가 잘못이라고 책임을 묻습니다."

실제로 자살하려고 숨어 있다가 5미터 앞에서 갑자기 튀어나왔는데 경찰이 차량 운전자를 살인으로 기소하는 바람에 대법원까지 간 사건도 있었다.

하지만 상식적으로 8톤 트럭이, 그것도 짐을 가득 싣고 있는 트럭이 한밤중에 5미터 앞에서 튀어나온 사람을 보고 급제동을 하는 것은 불가능하다.

"결국 그 사건은 대법원에 가서야 무죄로 선고받았습니다. 그리고 그건 무죄 추정의 원칙이 아니죠."

그 사건을 해결하기 위해 변호사는 교통 전문가 그리고 자동차 전문가, 심지어 물리학 전문가에게까지 감수를 받은 뒤 서류를 재판부에 제출했다.

그럼에도 1심, 2심에서도 유죄가 나오다가 마침내 3심에서야 무죄가 나올 수 있었다.

"그렇다면 대법원은 무죄 추정의 원칙을 지킬까요? 그에 대해 설명할 필요가 있을까요? 현 법원의 부장판사들조차도 인터뷰를 통해 성범죄에 관해서는 대법원조차 무죄 추정의 원칙이 지켜지지 않는다고 인정했습니다."

"그거야……."

"하긴, 그건 그렇지."

다들 어느 정도 상황을 알기에 자신도 모르게 고개를 끄덕거렸다.

"무죄 추정의 원칙은 단순히 사건을 수사할 때 무죄일 가능성을 두고 판단하라는 의미가 아닙니다. 여러분, 법에서 말하는 추정과 사람들이 말하는 추정은 법적으로 아예 의미가 다릅니다."

"다르다고요?"

"그렇습니다. 무죄 추정의 원칙에서 추정이라는 것은 법적으로는 법적인 효과를 의미하는 겁니다. 사람들이 일반적으로 그럴 수 있다는 게 아닙니다. 이 차이는 어마어마하며, 이로 인해 한국에서는 매년 어마어마한 숫자의 피해자가 발생합니다."

법적으로 추정이라는 의미는 그럴 수도 있다고 생각하면 되는 것이 아니라 그렇다고 봐야 한다는 뜻이다.

그래서 판사들의 판결문에는 '무엇 무엇이라고 추정된다.' 또는 '무엇 무엇이라고 볼 수 있다.' 등 남들이 보기에는 애매한 표현들만 적혀 있는 것이다.

만일 그게 단순히 일반인들이 말하는 '그럴 수도 있다.'라는 의미라면, 판결에서 그러한 말을 하고 나서 처벌을 명령하거나 손해배상 등을 명령할 수가 없게 된다.

왜냐하면 불확실한 것을 가지고 국가적 행정력을 동원해서 일방을 도와주거나 처벌하는 것은 불법이니까.

쉽게 말해서 무죄 추정의 원칙이란 수사를 시작할 때 피해자가 무죄라고 판단하고 조사하거나 확신에 준하는 수준으로 무죄의 가능성에 대해 조사해야 한다는 거다.

"그게 무슨 차이가 있죠?"

윤영지의 말에 기자들은 여전히 이해하기 어렵다는 얼굴

로 물었다.

하긴, 법적인 이야기는 이해하기가 쉽지 않으니까.

법원 출입 기자라 해도, 간단한 법적 이해는 할 수 있을지 언정 그 단어의 해석에 의한 차이를 정확하게는 모를 거다.

"단도직입적으로 말씀드리면, 모든 수사는 상대방이 무죄라는 점을 우선 확인한 뒤 무죄가 아닐 경우 유죄인지 확인해야 한다는 겁니다."

"무죄가 우선이고 유죄가 나중이라고요?"

"그렇습니다."

무죄 추정의 원칙에 따르면 무죄는 확정이라고 봐야 한다.

그런 경우 수사의 방향은 고발된 사람 또는 피의자가 주장하는 무죄의 영역에 대해 필수적으로 확인해야 하며, 그게 부실하거나 의심스러운 부분이 있으면 유죄인지 조사하거나 최소한 공동 조사를 해야 한다.

"그런데 제가 아는 검찰과 경찰의 수사 방법은 하나뿐입니다. 무죄에 대해서는 전혀 감안하지 않고 오로지 유죄에 관한 부분만을 조사하죠."

"그게 당연한 거 아닌가요?"

"그래서 제가 기자회견을 하는 겁니다. 여러분들이 아는 무죄 추정의 원칙은 단 한 번도 지켜진 적이 없다는 의미니까요."

"아⋯⋯."

무죄 추정의 원칙이 지켜지기 위해서는 일단 대상이 자신의 결백을 주장할 수 있는 자료를 먼저 확인해야 한다.

"하지만 수사는 그렇게 이루어지지 않습니다."

무죄를 추정할 수 있는 영역에 대해서는 피의자가 직접 또는 변호사를 통해 구해서 제공해야 하고, 또한 그 과정에서 필요한 노력과 자금 역시 피의자가 제공해야 한다.

"물론 진짜 범인이라면 체포하는 게 맞겠지요. 하지만 진짜 범인이 아니라면요?"

그 말에 기자들은 할 말을 잃었다.

그러다가 누군가가 조심스럽게 입을 열었다.

"그 말은, 우리가 단 한 번도 무죄 추정의 원칙을 겪어 본 적이 없다는 겁니까?"

"비슷합니다. 수사관마다 다르니까요. 하지만 제가 아는 수사 시스템은 유죄를 증명하는 과정에 대한 교육은 할지언정 무죄를 증명하는 것에 대해서는 교육하지 않습니다."

"……."

"거기다가 제가 아는 인사고과 시스템은 죄를 증명해서 처벌한 사람만 인정합니다."

"네?"

"무죄를 증명해 낸 경찰은 인사고과상 어떠한 혜택도 받지 못한다는 소리입니다."

도리어 어떤 경우에는 인사고과에서 마이너스가 되거나

사회적 지탄의 대상이 되기도 한다.

"이런 경우 가장 큰 문제는 경찰이든 검찰이든 예단을 가지고 수사하게 된다는 겁니다."

범죄를 저지른 사람을 처벌해야 자신에게 유리하니, 마음 한구석에서 '이 사람이 유죄라면 좋겠다.'라고 생각하고 수사하고 아예 어떤 사람들은 '이 사람을 어떻게든 유죄로 만들어야겠다.'라는 생각으로 수사한다.

"그 수사가 공정하게 이루어질 것 같습니까?"

그 말에 기자들은 아무런 말도 못 했다.

그런 수사가 제대로 이루어질 리가 없기 때문이다.

"물론 모든 피의자들이 다 무죄일 리는 없죠."

애초에 피해자가 있으니 고발이 있는 거고 범죄가 있으니 수사가 있는 거다.

"하지만 제가 말하고 싶은 건 이겁니다. 현재 한국의 사법 시스템에는 구조적으로 무죄인 사람을 구제하기 위한 어떠한 방법도 없다는 것."

윤영지의 말에 기자들은 눈을 번뜩거렸다. 그리고 다급하게 뉴스를 작성하기 시작했다.

그리고 의미심장한 얼굴로 뉴스를 보내는 그 모습을, 윤영지가 기자회견을 하는 무대 뒤편에서 노형진이 바라보고 있었다.

무죄 추정의 원칙, 한국에 존재하지 않는다?

무죄를 증명하는 것은 각자의 책임

법률 전문가, "한국에서 경찰과 검찰이 자신의 무죄와 억울함을 알아줄 거라는 기대는 말아야"

"시끄럽군. 진짜 시끄러워."

송정한은 혀를 내둘렀다.

"언론이 그렇죠, 뭐."

이슈가 되는 것을 누구보다 빨리 캐치하고 그걸 빨아먹으려고 한다.

"그리고 실제로 어느 정도는 틀린 말이 아니거든요."

무죄를 밝혀내는 것을 아예 막는 수준은 아니지만 동시에 무죄를 밝혀낼 수 있는 시스템이 부실한 것도 사실이다.

"결국 케이스 바이 케이스라는 거죠."

양심적이고 중립적인 경찰과 검사를 만나면 무죄가 증명되고 고생도 하지 않겠지만, 비양심적인 경찰과 검사를 만나면 자칫 인생을 통째로 날릴 수도 있다는 거다.

"자네 말대로 엄청 시끄러워졌어."

"그렇죠. 이제 경찰과 검찰은 어떻게든 대응해야 합니다."

"그렇겠지. 그리고 그 순간부터는 정치적 영역에 들어간단 말이지."

송정한은 노형진의 말에 미소를 지었다.

정치적 영역에서라면 송정한은 얼마든지 영향력을 발휘할
수 있다.

"사법 시스템이 케이스 바이 케이스라는 건 한참 잘못되었
다는 소리니까요."

사람을 잘 만나면 풀려나고, 잘못 만나면 잡혀가는 게 말
이 되는가?

"그리고 그 반대도 가능하고요."

내가 진짜 억울한 일을 당했는데 정작 검사나 경찰이 일을
안 해서 범죄자가 풀려나거나 솜방망이 처벌을 받는다면 그
것만큼 분통 터질 일이 어디 있겠는가?

"그러게나 말이야. 그러니 케이스 바이 케이스는 사법 시
스템에서 배제해야지."

법이 따로 있음에도 불구하고 검찰에 구형 기준이 있고 판
사에게도 양형 기준이 있는 이유가 뭐겠는가?

케이스 바이 케이스를 줄이기 위해서가 아닌가?

가령 소매치기에게 무조건 최대 형량을 때리는 판사가 있
다고 치자. 그렇다면 그는 정의를 지키는 것일까?

아니다.

당연히 그 소매치기를 담당하는 판사는 해당 업무에서 배
제당한다.

왜냐, 그런 짓을 해 봐야 그 사실을 빤히 아는 소매치기의 변호사가 마냥 당하고만 있지는 않을 테니까.

당연히 그걸 이유로 기피 신청을 할 테고, 어찌어찌해서 기피 신청이 승인되지 않아 최대 형량을 선고받았다 해도 당연히 항소를 통해 2심에서 형량을 깎아 버릴 테니까.

1심에서 최대 형량을 내리는 게 겉으로는 속 시원한 결말이지만 법은 그렇게 만만하게 구성되어 있지 않다.

"하지만 그래도 여전히 문제가 있네. 자네 말대로 이게 정치의 영역에 들어왔다고 해도 내가 뭘 어떻게 해야 할지 모르겠군. 무죄 추정의 원칙을 지키라고 말할 수야 있겠지만."

"네, 알고 있습니다. 정작 무죄 추정의 원칙을 지킬 방법은 지금 아무도 모르죠."

애초에 무죄 추정의 원칙을 지켜 본 적이 없으니 뭘 어떻게 해야 하는지조차 모르는 상황.

"다른 나라의 경우를 보면…… 끄응."

송정한은 자신도 모르게 신음을 흘렸다.

"애매하군."

"애매하죠."

무죄 추정의 원칙.

그 원칙을 일부 국가를 제외하고는 모두 기본 원칙으로 삼고 있다.

하지만 황당하게도 무죄 추정의 원칙을 지키기 위한 시스템은 별로 없다.

"한국이 좀 유별나게 유죄 추정의 원칙으로 죄를 만드는 한이 있어도 죄를 뒤집어씌우려고 하는 경향이 있는 건 맞지만."

"무죄 추정의 원칙에 따라 시스템이 만들어진 나라가 없으니 배울 곳이 없다는 것도 문제군."

사법이라는 건 기본적으로 죄를 증명하고 처벌하는 게 기본 구조다. 그러니 애초에 죄를 증명하는 방향으로 발전할 수밖에 없었다.

당연하게도 그건 특정 국가의 문제가 아니라 모든 나라의 기본 형태다.

"그걸 대통령님이 고민할 이유는 없죠."

"뭐?"

"대통령은 선장입니다, 항해사가 아니라."

"하긴, 그도 그렇군."

선장으로서 방향을 잡는 게 송정한의 업무지, 실무를 컨트롤하는 건 아래에서 해야 할 일이다.

"우리는 그저 기회를 잡으면 됩니다."

"하지만 무슨 수로 말인가? 저들이 유죄 추정의 원칙을 쉽게 포기하거나 인정하지는 않을 거야."

"제가 말씀드리는 대로 하시면 됩니다."

노형진은 목소리를 낮추며 말했다.

"그러면 저들은 결국 인정할 수밖에 없을 겁니다, 후후후."

무죄를 증명하라

　유죄 추정의 원칙에 대한 기자회견 이후에 법률계는 개판
이 났다.

　"확실히 한국은 유죄 추정의 원칙을 준용하는 나라입니
다. 한국에서 검사와 경찰을 믿고 자신의 억울함을 떠들어
봐야 그들은 죄를 만드는 데 더 집중합니다."

　선전포고는 기회를 잡은 한국 변호사 단체 대표의 말이었다.

　"하지만 변호사분들이 억울함을 풀어 주지 않습니까?"

　"그건 무죄 추정의 원칙이 아니죠. 무죄 추정의 원칙대로
라면 우리 변호사가 필요 없어야 합니다. 아니, 우리 변호사
는 없어도 그만이어야 합니다. 왜냐, 억울한 피해자가 생기
지도 않을 테니까요. 그런데 왜 변호사가 필요하고 왜 변호

사를 무조건 동석해야 하겠습니까? 유죄 추정의 원칙 때문입니다. 전문가가 보호해 주지 않으면 피의자가 무슨 말을 하든 모든 사건의 결과는 유죄로 흘러가게 되거든요."

변호사들 입장에서 이건 기회였다.

왜냐하면 변호사들의 파워와 중요성을 어필할 수 있는 기회니까.

변호사가 돈을 많이 벌기 위해서는 어떻게든 사건을 받아야 한다. 그리고 사법 불신이 극심할수록 사람들은 변호사를 욕하면서도 변호사를 찾을 수밖에 없다.

"변호사들이 경찰서나 검찰에 가면 느끼는 게 뭔지 아십니까? '아, 모든 게 다 준비되어 있구나.' 하는 겁니다. 검찰과 경찰에 들어가면 악의가 느껴집니다. '진실과 상관없이 어떻게든 이 사람의 인생을 망가트리겠다.' 하는 악의 말이죠. 그게 어딜 봐서 무죄 추정의 원칙이 지켜지는 꼴입니까?"

물론 이것도 틀린 말이다.

애초에 경찰과 검찰의 업무가 그쪽이니까.

더군다나 경찰이나 검찰이 봐서 이건 진짜 무죄다 싶으면 불송치 결정이나 불기소 결정을 내려 버리니, 아무래도 변호사들이 담당하게 되는 사건은 경찰이나 검찰에서 기소를 확신하는 사건인 경우가 대부분이다.

물론 그중에 경찰이나 검찰이 자신들의 실적을 위해 어떻게든 죄인을 만들어 두는 사례가 없다고는 말 못 하지만 말이다.

중요한 건 이번 공표를 이용해서 변호사 단체는 한 방 크게 당겨 올 생각이었다는 거다.

"이러한 유죄 추정의 원칙에 대해 저희 변호사들은 심각한 우려를 표명합니다."

그렇게 점점 커지는 불꽃.

당연히 검찰총장 역시 다급하게 대응할 수밖에 없었다.

"저희 검찰에서는 무죄 추정의 원칙을 지키고 있습니다. 일부에서 말하는 유죄 추정의 원칙은 전혀 사실이 아닙니다."

"하지만 많은 사람들이 무죄라고 주장하는데 들은 척도 하지 않았다고 하던데요?"

"그건 일부 부도덕한…… 경찰들이……."

"지난번에 무죄라는 증거를 발견하고도 아예 회수하지 않았던 사건에 대해서는 어떻게 생각하십니까?"

"그것도 일부 부도덕한 경찰이……."

"모두 검찰의 수사 과정에서 벌어진 사건입니다만?"

"그건 일부 검찰 수사관의 무능이……."

"일부의 문제일 뿐 검찰은 순수하고 깨끗하다는 말씀이신가요?"

"검찰에서는 최선을 다해서 무죄 추정의 원칙을 지키려고 노력하고 있습니다."

너무 뻔한 변명을 어떻게든 해 보려고 했지만 사람들이 믿을 리가 없었다.

자기들이 당한 게 있고 그게 사법 불신으로 변했으니까.

그리고 그건 법원도 예외가 아니었다.

"우중수 대법관님, 지금 대법원에서 성범죄에 대해 유죄 추정의 원칙을 유지하고 있다는 게 사실입니까?"

청와대로 향하는 대법관을 따라가면서 카메라와 녹음기를 들이미는 기자들.

"지금 1심과 2심에서 무죄가 나온 성범죄가 대법원으로 올라가면 파기 환송률이 90% 이상인데요, 이게 유죄 추정의 원칙이 적용된 것 아닌가요?"

"대법원은 사실심이 아니라 법률심 아닌가요? 어째서 법률의 적용이 아니라 일방의 증언만 가지고 유죄를 확신하십니까?"

"작년에 부장검사들이 대법원의 이러한 행동에 부당함을 주장했는데, 이것도 왜 무시하시죠?"

"대법원에서는 유죄 추정의 원칙을 기본으로 인정하신 겁니까?"

하지만 우중수는 그저 시선을 앞으로 고정한 채 차량 밖에서 뭐라고 하든 들은 척도 하지 않았다.

그리고 청와대에 도착하자마자 다급하게 안으로 들어갔다.

"늦으셨구려, 우중수 대법관."

"차가 좀 막혔습니다, 각하."

"그래, 시간이 늦었으니 단도직입적으로 묻겠습니다. 이 사태를 어떻게 생각하십니까?"

"……."

송정한의 질문에 안에 있던 대법관들은 아무런 말도 못 했다.

보통 대법관들이 대통령과 만날 일은 별로 없다.

정치적으로 좋은 것도 아니다. 삼권분립을 해치는 일이니까.

하지만 그럼에도 불구하고 이번에는 만나지 않을 수가 없었다.

"각하, 저희는 언제나 무죄 추정의 원칙을 우선으로……."

"김판소 대법관."

"네, 각하."

"저 판사 출신입니다. 정치하기 전에는 변호사를 했지요. 잊으셨습니까?"

"……."

그 말에 대법관들은 아무런 말도 못 했다.

상대가 법을 모르는 인간이었다면 억울하다고 펄쩍 뛰면서 삼권분립을 이유로 어느 정도 선을 지켰을 것이다. 하지만 빤하게 다 아는 사람이다 보니 그럴 수가 없었다.

"무죄 추정의 원칙은 우리 헌법의 근간이자 정신이지요. 그런데 그게 지켜지지 않잖습니까?"

"……."

"정치적 이유로 유죄 추정의 원칙을 적용한 사례가 한둘이 아닐 텐데요?"

"……."

"그게……."

"물론 무죄 추정의 원칙을 적용하면 여성 단체에서 지랄하고 개인적인 공격이 들어온다는 거 압니다. 하지만 그런 게 무섭다면 대법관 자리에서 내려오셔야지요."

"……."

실제로 그러한 이유로 대법관들은 성범죄에 대해 유죄 추정의 원칙을 유지하고 있다.

"법의 정점인 대법원에서 무죄 추정의 원칙을 따르지 않는데 아래에서 무죄 추정의 원칙을 지킬 것 같습니까?"

송정한의 말에 대법관들은 얼굴이 붉어졌다. 창피했으니까.

법과 양심, 어느 쪽으로도 그래서는 안 되는 일이었다.

"그리고 솔직히 말해서 성범죄만이 아니지 않습니까? 아래에서는 더 심해요."

일단 기소를 하고 억울하면 무죄를 네가 증명해라, 그렇게 굴러가는 경찰과 검찰의 수사 방식.

"그러니 우리가 유죄 추정의 원칙의 국가라는 말이 나오지요."

"하지만……."

"저는 변명을 듣고 싶은 게 아닙니다. 이 문제를 어떻게 해결할지가 궁금한 거예요."

"무죄를 일단 기본으로 깔고 판단하도록 철저한 교육을……."

우중수는 애써 이야기했지만 그건 도리어 송정한의 분노만 자극했다.

"어떻게요? 그걸 지키지 않았다고 처벌할 겁니까? 아니면 인사고과를 나쁘게 줄 겁니까? 아니면 대중에게 실명을 공개할 겁니까?"

"……."

"그리고 대법원에서 경찰이나 검찰에 그런 짓을 하는 것 자체가 월권이라는 걸 잊은 겁니까?"

"……."

한국을 수십 년이나 지배해 온 유죄 추정의 원칙. 그걸 없애는 게 쉽겠는가?

"일단 대법원에서는 유죄 추정의 원칙이 실제로 적용된 부분에 대해 사과하시고 재발 방지를 약속하시죠."

"가…… 각하!"

"절대로 그럴 수는 없습니다!"

"왜요? 개돼지들에게 사과하려니까 자존심 상해서요?"

송정한은 차갑다 못해 무서운 얼굴로 돌변했다.

"그러니까 제대로 했어야죠!"

대법원은 사과나 반성을 하지 않는다. 거기에는 여러 가지 이유가 있다.

하나는 대법원이 법의 최종 결정권자로서 자신들이 틀렸다는 걸 인정하면 그 순간부터 불신에 시달리기 때문이다.

그리고 다른 하나는 '우리가 누군데.'라는 생각 때문이었다.

실제로 대법원에서는 그런 이유로 인해 누가 봐도 잘못 판단한 걸 절대로 인정하지 않는다.

과거 군사정권이 억울하게 간첩죄를 뒤집어씌운 걸 무려 40년이나 지나서야 인정할 정도였다.

그런데 사과라니.

"각하, 그럴 바에는 차라리 사퇴하겠습니다."

"하세요."

송정한은 차갑게 말했다. 그러자 대법관들은 움찔했다.

"그건 개인의 선택이죠."

보통은 말릴 거라 생각하기에 내지른 건데 정말로 사퇴하라니?

그런데 그다음 말은 더더욱 이해가 가지 않았다.

"그걸 제가 강제할 수는 없죠. 사과하기 싫으면 안 하셔도 됩니다."

"방금은 사과하라고……."

"그건 권고 사항일 뿐입니다."

아무리 대통령이라고 해도 사과를 강제할 수는 없다.

하지만 대법관들은 혼란스러웠다.

'뭘 어쩌라는 거지?'

사과하라고 했다가 하지 말라고 했다가?

"하지만 그 대신에 제가 사과하지요."

"그건⋯⋯."

그 말에 대법관들은 눈을 크게 떴다.

자존심으로 똘똘 뭉친 그들로서는 이해할 수 없는 일이었으니까.

'하지만 나는 손해 볼 게 없지.'

물론 대통령이 사과하면 반대파에서 그걸 물어뜯으리라는 건 상식이다.

'하지만 아직은 타이밍이 아니란 말이지, 허허허.'

문제는 송정한이 대통령이 된 지 얼마 되지 않았다는 거다.

그게 의미하는 건 간단하다. 지금 벌어지는 사태에 대해 책임이 없다는 거다.

그런데 이걸로 대통령이 사과를 한다?

그러면 자유신민당과 민주수호당은 물어뜯을 수가 없다.

특히 민주수호당은 못 물어뜯는다. 왜냐하면 전 정권이 자기네 정권이니까.

"각하, 그렇게까지 하셔야겠습니까?"

우중수는 떨떠름한 얼굴로 말했다.

그럴 수밖에 없는 게, 대통령이 사과하는데 대법원과 검찰 그리고 법원에서 사과하지 않으면 사람들의 눈에는 유죄 추정의 원칙을 유지하기 위해 대통령에게 협조하지 않고 개혁에 저항하는 걸로 보이기 때문이다.

'문제는 그게 진짜라는 거지.'

검찰과 경찰과 법원은 분명 개혁에 저항한다. 그걸 노형진도 안다.

그랬기에 노형진은 아예 이미지를 박아 버릴 생각인 거다.

그들은 개혁을 받아들일 생각이 없다, 그들은 어떻게든 기득권을 지키려고 한다.

그 사실을 사람들에게 알리는 거다.

"그렇게 알고 있으세요."

"가…… 각하……."

물론 정권과 대립하는 거라면 아마 검찰도, 경찰도, 법원도 두려움이 없을 것이다. 한두 번 해 본 일이 아니니까.

하지만 정권과 여론이 한꺼번에 몰아붙이기 시작하면 그때는 답이 없다.

무엇보다 이건 단순히 그들의 의견을 구하는 게 아니었다. 사실상 선전포고를 하는 자리였다.

그렇기에 대법관들은 똥 씹은 얼굴이 될 수밖에 없었다.

⚖

－저는 대통령으로서 이번 사태에 대해 심심한 유감을 표명하는 바입니다. 대한민국의 유죄 추정의 원칙은 어느 순간 헌법을 유린하고…….

송정한의 기자회견을 보던 우중수는 떨떠름한 얼굴로 화

면을 꺼 버렸다.

"결국 해 버렸군."

"문제는 지지율이 더 올랐다는 겁니다."

"하아~ 씨팔."

사실 경찰서나 검찰에 단 한 번이라도 갔다 온 사람들은 안다, 한국이 유죄 추정의 원칙에 가깝게 굴러가고 있다는 것을.

따뜻함과 친절을 기대하는 게 아니다.

하지만 억울하다고 말하면 경찰이나 검찰에서는 '확인해 보겠습니다.'가 아니라 '증거를 가져오세요.'라고 말한다.

그리고 그제야 사람들은 이게 유죄 추정의 원칙이라는 걸 깨닫는다.

"지지율이 오를 수밖에 없죠."

대통령이라고 자존심을 부리는 게 아니라 잘못을 인정하고 고치겠다는데 그걸 누가 싫어한단 말인가?

더군다나 그 잘못이 자기 잘못도 아님에도 책임지겠다는데.

"문제는 우리예요."

박광조 검찰총장은 어색한 얼굴로 말했다.

"계속 버티고 있으면 우리 입장이 웃기게 된단 말이죠."

여기서 검찰과 경찰 그리고 법원이 바득바득 유죄 추정의 원칙은 없다고 우겨 봐야 대통령과 국민에게 들이받는 꼴이다.

그렇다고 반대로 그 사실을 인정하면, 그간 편하게 하던 일을 어렵게 해야 한다.

"그렇게 되면 누가 우리를 인정하겠습니까?"

높은 자리에 올라간 만큼 챙길 것도 많이 챙기고, 나가서도 전관으로 대우받아야 한다.

하지만 자기 밥그릇을 날려 버린 선배까지 대우해 줄 만큼 이 바닥이 여유롭지는 않다.

"그러면 그냥 이대로 무시하자 이겁니까?"

"그게 최선 아니겠습니까? 어차피 우리는 막장 아닙니까?"

"그건 그렇죠."

지금은 정권 초기라 당연히 모든 자리가 교체 대상이다.

이제 교체가 확정적인 상황인 만큼 굳이 잘 보일 이유는 없다.

대법관의 경우는 애초에 임기제라 대통령이라고 할지라도 자를 수 없는 만큼, 버티면 그만이기는 하다.

"그러면 우리는 무시합시다."

"그러죠."

그들은 그렇게 마음을 굳혔다.

어차피 같이 갈 게 아니니까 제대로 들이받아 보기로 한 것이다.

하지만 그들은 몰랐다, 그것 또한 노형진이 예상하고 있다는 걸.

"역시나 완전히 무시하는군요."

"그럴 거라고 말씀드렸잖습니까."

노형진은 검찰과 경찰의 발표에 혀를 내둘렀다.

법원 측은 아무 말도 하지 않기로 했는지 침묵을 지켰지만, 경찰과 검찰은 유죄 추정의 원칙은 없다고 정면으로 송정한을 반박한 것.

"그리고 민주수호당과 자유신민당은 아무 말도 하지 않고 있고 말이지."

"할 수가 없죠."

원래대로라며 통제권을 잃었네 뭐네 하면서 신나게 물어뜯어야겠지만 그랬다가는 유죄 추정의 원칙에 동의하는 것으로 보일 수가 있기에, 그들 역시 유감을 표명하는 정도의 약한 발언만 하고 말았다.

"그렇겠지. 그런데 자네 말대로 여기까지는 왔는데, 문제는 유죄 추정의 원칙을 어떻게 없애느냐 하는 거 아닌가?"

"일단은 법을 고쳐야지요."

"법을 고쳐?"

"네. 행정부에서 입법권을 가지고 있지 않습니까?"

"하긴, 요즘은 해석이 바뀌었지."

원래 삼권분립의 경우 입법권은 국회가 가지고 있는 것으로 보고 있었다. 쉽게 말해서 입법의 독점인 것이다.

하지만 지금은 그걸 좀 다르게 해석한다.

입법권을 국회가 독점한다기보다는 국회가 그 중심에 있어야 한다는 것으로.

국회에만 맡겨 두다 보니 너무 오래 걸리는 데다 진짜 필요한 경우에도 국회에서 개싸움이 벌어져 국민들이 고통받는 사태가 벌어지기도 했기 때문이다.

"위임입법이라는 형태로 한다고 하면 국회도 거절하지 못합니다."

"아, 그렇군. 그걸 잊고 있었어."

위임입법이란 국회에서 행정부에 입법을 위임하는 형태로 법을 만드는 거다.

즉 권한 자체는 국회가 가지고 있으나 그 법이 긴급하고 인정될 사유가 있다면 국회가 행정부에 입법을 위임할 수 있고, 그 경우 행정부는 새로운 법을 만들 수 있다.

"그게 헌법을 위반한 건 아니지."

왜냐하면 그렇게 입법된 법은 행정부에서 만든 것이기는 하지만 국회의 권한에서 시작된 셈이기 때문이다.

"거기다가 지금 상황에서 유죄 추정의 원칙에 따른 행정입법을 거부하는 건 대놓고 유죄 추정의 원칙을 옹호한다는 소리밖에 안 되거든요."

그렇잖아도 지방선거가 코앞에 닥쳐 있는 상황에서 과연

유죄 추정의 원칙을 옹호한다는 소리를 할 수 있을까?

"우리국민당에서 이야기를 꺼내면 자유신민당과 민주수호당도 어느 정도 동의할 수밖에 없습니다."

물론 입법의 영역에 대해서는 여러 가지 추가적인 토론이 있을 거다. 즉, 호락호락하게 동의해 주지는 않을 거다.

"하지만 증거 확인만 할 수 있다면 그것만으로도 충분하죠."

무죄라고 주장하는 사람에게 증거를 요구하던 것에서, 경찰 또는 검찰이 직접 현장에서 증거를 회수하는 것으로 바꾸기만 해도 경찰과 검찰은 무죄 추정의 원칙을 깨트릴 수가 없다.

"간단한 방법이군."

유죄 추정의 원칙에서 골치 아픈 게 그거다.

고발된 피고인에게 무죄의 증거를 가져오라고 하는 것.

그에게는 그 증거를 얻을 수 있는 수사권이 없으니 상대방의 자비에 구걸할 수밖에 없다.

상대방이 거절하면 자신이 무죄라는 걸 증명할 방법이 없다.

"검찰 수사 중에 알게 된 무죄의 증거는 감춰서는 안 되지만 아예 얻지 않은 건 해당되지 않으니까."

그러나 피고인이 그 사실을 항변할 때, 서류를 통하든 아니면 변호사를 통하든 일단 기록으로 남기는 순간 경찰이든 검찰이든 그걸 무시하고 사건을 진행할 수가 없다.

"확실히 유죄 추정의 원칙을 막을 수 있겠어."

"예단에 관한 부분은 좀 애매하지만요."

"끄응."

하기야 경찰과 검찰에서 예단을 가지고 수사하는 건 어떻게 보면 구조적으로 너무나 당연한 일이다.

다만 무죄를 입증하는 증거 자체를 수거하지 않는 걸 막는 건 충분히 가능한 수준.

"고칠 게 한두 개가 아니고."

송정한은 긴 한숨을 내쉬었다.

개혁은 아직 시작도 하지 않았다. 그런데 벌써부터 이런 일이 터져 나오다니.

"뭐, 알고 시작하신 거 아닙니까?"

"알고 시작한 거지."

송정한은 그렇게 말하면서 쓰게 웃을 수밖에 없었다.

유명하면 유죄

사람들은 유명하고 힘이 있을수록 더 유리하다고 생각한다.

실제로 그게 어떤 경우에는 맞다.

그러나 반대로 유명할수록 불리한 경우도 있다.

"그리고 그 유명한 사람이 선한 이미지를 가진 연예인이라면 뭐, 답이 없지."

노형진은 혀를 끌끌 차면서 자료를 확인했다.

"오빠가 이런 것도 해?"

"내가 변호사인데 이런 걸 안 하면 뭘 하라고?"

"아니 그, 이제 청와대에서 자문 위원도 다시 하잖아?"

"자문 위원 처음 하냐? 지난번에 내가 변호사 일은 때려치우고 자문 위원만 하는 것 같았어?"

"하긴, 오빠가 그럴 사람이 아니긴 하지."

서세영은 고개를 끄덕거리면서 말했다.

"그런데 이건 어떻게 생각해? 오빠가 봐도 이거 억울해 보이지?"

"억울한 정도가 아니라 사람 미치겠는데?"

"뭘 잘못했다고 이러지?"

"연예인이라는 건 말이야, 때로는 죄인이거든."

연예인에게 죄를 뒤집어씌우는 성범죄 사건.

이건 생각보다 흔하게 일어난다.

"그리고 무죄 추정의 원칙에 기반해 수사하기 시작한 후로 더 심해졌고."

"요즘 그것 때문에 난리이긴 하지."

"아마 이거 고소한 여자도 어어어? 그러고 있을걸."

노형진은 피식 웃으며 말했다.

"조강원은 얼마나 억울할까?"

"억울해 미치겠지. 그런데 답은 없고."

노형진은 혀를 끌끌 차며 말했다.

"더군다나 한국도 아니고 미국인데."

조강원. 한국이 낳은 세계적인 스타.

네트워플러스를 통해 드라마가 대박 나면서 미국에서도 알아주는 스타가 된 사람이다.

"몇 년 만에 기회가 온 건데."

"몇 년 만이 아니라 처음 온 기회라고 해야지."

본래 조강원은 딱히 유명한 배우가 아니었다. 도리어 작품 복이 없는 타입이라고 봐야 한다.

이번에 성공한 작품 역시 크게 기대받은 작품이라기보다는 그냥 저렴하게 제작한 작품이라는 이미지가 강했다.

그런데 그게 한국에서는 그저 그런 수준의 작품으로 남았는데 네트웍플러스에서는 초대박이 났다.

"거기다 해외에서 원하는 배우 이미지랑 미묘하게 잘 맞았거든."

한국에서는 잘생긴 남자 배우라고 하면 호리호리하고 중성적인 이미지가 강한데, 해외에서는 선이 굵은 배우를 선호하는 경향이 있으니까.

"잘생김을 연기하는 배우라……."

조강원에게 붙은 별명이다.

실제로 그런 남자 배우들이 종종 있는데, 조강원이 아시아 계통 배우로서는 처음으로 그런 이미지가 잡힌 거다.

"그런데 성범죄라니."

"이거 일이 엄청 커질 것 같은데."

"쯧, 소속사가 작으니 커트를 제대로 못 했네."

해외에서는 성범죄에 엄청나게 예민하다.

자기들끼리 물고 빨고 온갖 변태 짓을 하는 건 그들 간의 문제니까 상관하지 않는다. 하지만 강제로 성범죄를 저지르는 경우에는 인생이 끝난다.

"더군다나 한국에서 온 배우라면 더더욱 이슈 빨기 좋지."

조강원은 그렇잖아도 여기저기서 러브 콜을 받고 있다. 미국에서 먹히는 동양 배우가 흔한 게 아니니까.

그런데 강간이 사실로 드러나게 되면 모든 작품에서 하차는 물론이고 이미 출연한 작품도 네트웍플러스에서 내려야 하는데, 그 경우에는 그 손실을 조강원이 배상해 줘야 한다.

"일단은 조강원하고 그 매니저를 만나 봐야겠네."

사건이 이미 워낙 크게 이슈화된 터라 이대로 두면 조강원의 미래가 박살 난다.

그도 그럴 게, 나중에 억울함이 풀어진다고 해도 누구도 그를 쓰지 않을 것이기 때문이다.

"이미 미국에서도 뉴스화되고 있으니."

이 상황을 해결하는 건 일반 변호사로는 안 된다.

물론 재판에서는 이길 수 있을지도 모른다.

하지만 그 후에 배역도 잡을 수 있을까?

미국에서 이미 강간범이라는 프레임이 뒤집어씌워졌는데?

지금 조강원이 성공한 이유가 뭔가? 미국에서 먹히는 남자 배우라는 이미지 덕분 아닌가?

그러니 미국에서 팔 수 없으면 의미가 없다.

그렇다 보니 한시라도 빨리 무죄를 증명해야 하는데, 미국에 영향력을 행사하고 사건을 해결할 수 있는 변호사가 노형진뿐이니 소속사에서 다급하게 새론으로 달려와 노형진에게 매달린 것.

노형진이 바쁘기는 하지만 그들의 말대로 단순히 재판에서 이기는 게 문제가 아니라 온갖 복잡한 문제가 얽혀 있는 게 사실이기에 담당하기로 한 거다.

"일단 담당자를 만나서 이야기해 보자고."

노형진은 서세영과 함께 자리에서 일어났다.

⚖

"저희는 진짜 억울합니다! 강간이라니!"

조강원의 매니저인 사범석은 길길이 날뛰었다.

"더군다나 강원이가 왜 도망가느냐고요! 구속이라니, 말이 됩니까! 네?"

아무리 성범죄라 해도 일반적으로는 구속되는 일이 흔치 않다. 구속이란 도주와 증거인멸의 가능성이 있을 때에나 이루어지는 거니까.

한창 잘나가는 배우가 도주할 이유도 없고 이미 얼굴이 팔렸는데 어디로 도주한단 말인가?

더군다나 증거는 이미 검찰에서 싹 다 수거해 간 상황.

그러니 인멸하고 싶어도 못 하고 있다.

"그게 말이죠."

노형진은 쓰게 웃었다.

　사실 노형진이 이 사건을 담당한 이유는 단순히 어렵다는 것 때문이 아니었다.

　"지금 일부 단체에서 이 사건으로 기득권을 확보하고 싶어 하는 상황이라서 그렇습니다."

　"기…… 기득권이라니요?"

　"지금 정부에서 대대적으로 유죄 추정의 원칙을 손보고 있지 않습니까?"

　"저도 그거…… 뉴스는 봤습니다."

　그렇다 보니 검찰 내부에서도, 경찰 내부에서도 유죄를 추정하는 방식의 수사법을 바꾸기 위해 노력 중이다.

　"그런데 성범죄가 그 유죄 추정의 원칙에서 가장 많은 혜택을 받았던 분야거든요."

　"설마?"

　"네. 일부 여성 단체는 그게 싫은 거겠죠. 말 한마디가 그 자체로 파워가 되는 셈이었으니까."

　상대방이 아무리 파워가 있어도, 그리고 이쪽이 좀 불리해도 성범죄라는 프레임은 언제나 자신들을 지켜 줬다.

　심지어 경찰이 여성 범죄자를 체포하자 여성 범죄자가 경찰을 성추행으로 고소하는 일도 빈번하게 일어날 만큼 말이다.

　"그런데 지금 상황에서 그게 사라지면 어떻게 되겠습니까?"

　"아아아."

자신들이 휘두르던 가장 강력한 무기가 사라지는 거다.

그렇게 되면 그들은 망한다.

"물론 그냥 순수한 피해자들을 도와주는 거야 계속해야지요. 문제는 그게 안 된다는 거죠."

무죄 추정의 원칙을 적용한다고 해서 성추행의 증거가 있는데도 범죄자를 풀어 주는 건 아니다.

"죄가 없는데도 죄를 만들어 낼 수 있는 능력이 사라지는 것, 그래서 일부 단체들이 이번 상황을 싫어하는 겁니다."

"그게 왜? 저희랑 무슨 상관이 있다고요?."

"희생양이 필요한 거죠."

봐라, 아직 성범죄가 이렇게 만연하다, 이렇게 피해자들이 넘치는데 유죄 추정의 원칙을 없애는 게 말이 되느냐?

우리가 원하는 대로, 고발하면 무조건 처벌해라.

"그리고 피해자가 유명할수록 유리하거든요."

"어째서요?"

"단순히 여자와 남자의 싸움이 아니라 권력과 여성의 싸움이 되니까."

그 말에 매니저는 할 말을 잃어버렸다.

실제로 지금 이 싸움에서 더더욱 공격적으로 행동하는 것은 다름 아닌 여성 단체들이었다.

어디서 듣도 보도 못한 단체들이 튀어나와서 조강원을 물어뜯는 상황.

"그러니까 이게 돈 때문에 이러는 거란 말씀이십니까?"

"모든 것은 돈입니다. 특히나 꽃뱀이라는 존재는 더더욱 돈이 목적이죠."

"노 변호사님은 확신하시는 겁니까, 꽃뱀이라고?"

그 말에 노형진은 머리를 긁적거리며 말했다.

"확신이라고 하기는 애매하네요. 하지만 의심스럽기는 합니다."

"오빠, 어째서?"

그 말에 노형진은 입맛을 다시며 말했다.

"고소는 했는데 뭐랄까, 자기들이 더 당황하는 눈치라서."

"자기들?"

"그래."

"잠깐, 자기들이라니요? 그게 무슨 말씀이십니까? 이 여자 배후에 누가 있다는 말씀이신가요?"

"그럴 것 같은데요."

노형진은 머리를 긁적거리며 말했다.

"보통 변호사라면, 이런 일이 벌어지면 두 가지 행동 패턴을 보이거든요."

첫 번째, 일단은 이용하려고 한다. 어떻게든 외부 세력을 이용해서 이득을 취하려고 하는 거다.

"두 번째, 어떻게든 외부 세력을 배척하려고 한다."

왜냐하면 사건이 너무 커지면 도리어 피해자에게 문제가

생길 수 있기 때문이다.

당장 조강원의 팬들이 좌표를 찍을 수도 있고, 재수 없게 피해자 얼굴이 인터넷에 공개라도 되면 멀쩡하게 사회생활을 하기 힘들게 될 수도 있다.

"그런데 지금 저쪽 변호사는 아무런 행동도 하지 않는단 말이지."

"그러면?"

"그래, 뭔가가 걸리는 거야."

"변호사가 한패일까?"

"그건 아닐걸."

변호사가 한패일 가능성은 별로 없다.

변호사가 뭐가 아쉬워서 이런 꽃뱀 범죄자와 한패가 된단 말인가?

"그러면?"

"사건 현장에 가 봐야 알겠지만, 일단 준비가 너무 철저하거든."

"준비가 철저해요?"

"네. 저쪽에서 내놓은 증거를 보면 알죠."

증거는 다름 아닌 CCTV 영상이었다.

그 영상에서 조강원은 피해자인 여자를 부축하면서 건물 안으로 들어갔다. 그리고 몇 시간 후에 다시 나왔다.

들어가서 나올 때까지 걸린 시간은 두 시간 정도.

그리고 다음 날 조강원은 강간으로 고소당했다.

"저쪽은 술에 취한 자신을 조강원이 집으로 데려가서 강간했다고 했어. 그렇지?"

"네, 맞아요."

"조강원 씨는 피해자가 다리를 다치는 바람에 부축해서 데려다줬고, 차를 타 줘서 먹고 나왔다고 했지."

"맞아요. 좋은 마음으로 도와줬다고 했어요."

조강원은 집 안에 들어가자 여자가 자신도 연기자가 되고 싶다면서 조언을 구하기에 그에 대해 이야기해 주다가 늦게 나왔다고 진술했다.

"그래, 솔직히 내가 봐서는 조강원 씨의 말이 맞을 거야."

들어갈 때와 나올 때 조강원의 모습에는 전혀 달라진 바가 없었다.

만일 강간이 이루어졌다면, 특히 그 여자 말대로 지독한 폭행을 동반한 강간이 이루어졌다면 당연히 옷이 흐트러지거나 했어야 한다.

하지만 조강원은 단정한 모습으로 들어갔다가 그대로 나왔다.

"그런데 그 여자는 폭행당한 모습으로 멍이 들어서 나타났단 말이지."

"누군가 때린 거겠군요."

"고전적인 수법이잖아."

폭행의 흔적이 있는 이상 경찰 입장에서는 절대로 여자가 꽃뱀이라는 말을 섣불리 하거나 의심할 수가 없다.

"아무리 유죄 추정의 원칙을 없애는 상황이라 해도 성 인지 감수성에 따른 판단 규정도 여전히 있으니까."

성 인지 감수성 판단에 따르면 여자가 꽃뱀일 가능성은 추정해서는 안 되는 악에 가깝다.

"흠…… 누군가 때린 자가 따로 있다?"

"그것도 있고 다른 이유도 있습니다."

사범석에게 노형진은 조용히 목소리를 낮췄다.

"우연이라면 절대로 만날 수가 없는 사람이니까요."

"네?"

그 말을 이해하지 못한 사범석은 고개를 갸웃했다.

"오빠, 남성 혐오 뭐 그런 걸 말하는 거야? 이미 SNS는 싹 다 털었어. 그 여자가 남성 혐오라는 증거는 없어."

노형진의 말을 잘못 이해한 서세영은 고개를 갸웃하며 말했다. 그러자 노형진은 좀 더 추가적인 말로 이해를 도왔다.

"나도 봤지. 그래서 패거리라고 생각하는 거야."

"그래서 그렇다고?"

"그래. 그 여자의 SNS에는 과거의 사진도 있으니까."

"그게 당연한 거잖아."

일부 여성은 분명 남성에 대한 혐오감을 가지고 있고, 그 혐오감을 채우기 위해 고소를 하기도 한다.

"그런데 이번 일에서는, 체포된 시점과 SNS에 있는 스타일이 너무 달라."

"다르다고?"

"SNS에 있는 여자의 모습은 뭐랄까. 좀 오픈 마인드라는 느낌이 강해."

자기를 자랑하고 자기가 가진 것을 자랑하는 사람.

"복장도 자유롭고 여행도 잘 다니고 스스로를 어필할 줄도 알지."

"SNS야 다 그렇잖아."

"하지만 그 당시 CCTV를 봐 봐. 어떤 느낌이야?"

"그거야…… 으…… 음…… 어? 조금 느낌이 다른가?"

이제야 뭔가 조금 이해가 가는 듯한 서세영에게 노형진이 정확하게 지적해 줬다.

"단아하게 올려서 묶은 머리, 검은색 스커트에 하얀색 블라우스, 그리고 안경까지 쓴 지적인 스타일. SNS에 단 한 번도 보인 적이 없는, 전형적인 오피스 룩이야."

"그건 그래."

"그런데 여자는 무직이야. 연기자 지망생이라지만, 사실상 소속사도 없으니 무직이라고 봐야지."

"오피스 룩이 필요 없구나."

"그래. 그리고 이건 개인적인 생각인데, 이 오피스 룩은 조강원에게 맞춰진 스타일이 아닐까 싶어."

"조강원 씨에게?"

그때 노형진과 서세영의 대화를 듣고 있던 사범석이 떨떠름한 얼굴로 말했다.

"확실히…… 강원이가 이런 취향입니다. 날라리 같은 스타일보다는 좀 정숙하고 세련된 스타일을 좋아하죠."

"그럼 누군가가 그런 정보를 줬다는 거야?"

"그래. 거기다가 둘이 만난 장소를 생각해 봐. 그곳이 조강원이 처음 간 곳이야?"

"아니긴 하지. 자주 가는 곳이라고…… 어?"

그제야 서세영은 뭔가 이상하다는 사실을 알아차렸다.

"거길 어떻게 찾아간 거지?"

그 두 사람이 만난 장소는 다름 아닌 작은 바였다.

매니저나 바텐더가 일대일로 케어해 주는 곳이 아니라 말 그대로 혼자서 조용히 술을 마실 수 있는 스타일의 오래된 술집.

"거기에 조강원 씨가 자주 갔죠?"

"자주 갔죠."

무명 시절, 힘들 때마다 그곳에 가서 혼자서 술을 마시며 매번 자신을 다독거리며 다잡았단다.

'내가 언젠가는 여기서 양주를 키핑해서 먹으리라.' 하며.

그게 그의 성공하고자 하는 의지의 표현이었다.

"추억의 장소라는 건가요?"

"그래, 추억의 장소지."

성공한 사람들이라고 매번 으리으리한 곳에서 먹고 마시는 건 아니다. 평범하게 살아가고, 때때로는 자신의 추억의 장소로 돌아가기도 한다.

"추억의 장소에서 자신과 똑같은 미래를 꿈꾸는 자기 취향의 여성을 만난다면, 더구나 서로 말이 잘 통한다면 어떻겠어?"

"설마……."

"금세 친해지겠네."

서세영은 노형진이 말하는 게 뭔지 바로 알아들을 수 있었다.

집요하다 느낄 정도로 조강원에 대해 잘 알고 있는 고소인.

"취향, 자주 가는 장소, 거기다 주류 취향과 공통적인 관심사. 그래, 너무 잘 맞아. 그래서 이상할 정도지."

우연히 그럴 수도 있다. 그래서 서로 불타는 사랑에 빠질 수도 있다.

"하지만 그게 강간으로 연결되는 경우는 드물지."

더군다나 조강원은 이제 막 성공한 시점이다. 그런 만큼 미래를 위해 더 노력할 시점이다.

그런데 뜬금없이 강간을 한다?

"말이 안 되지."

아마도 순수하게 돕고 싶었을 것이다. 자신과 같은 고통을 겪고 있는 사람에게 한마디 따뜻한 조언을 하고 싶었을 것이다.

"그런 게 가능하려면……."

"방법은 하나뿐이지."

누군가 가까운 지인이 있어야 한다.

조강원의 취향과 꿈 등을 하나하나 알려 주고 자주 가는 곳까지 케어해 줄 만한 사람.

"그럴 리가 없습니다!"

그 말에 사범석은 자신도 모르게 소리를 질렀다.

왜냐하면 그런 걸 말해 줄 수 있는 사람은 최측근, 즉 회사 사람들뿐이기 때문이다.

"우리 회사에서 그런 짓을 할 사람은 없어요!"

"가능성일 뿐입니다."

"하지만 그런 걸 알 만한 사람은 우리뿐이지 않습니까?"

그런데 조강원이 속한 회사가 그렇게 큰 것도 아니다.

연습생은 전무하고, 소속 연예인은 조강원을 포함해서 세 명 정도.

원래 엔터테인먼트조합의 공동 사무실을 쓰다가 이번에 조강원이 성공하면서 드디어 독립한 작은 회사다.

"우리 회사 직원이라고 해 봐야 일곱 명뿐입니다. 사장님까지 다 포함해서요."

"혹시 그중에 의심스러운 사람 있습니까?"

"아니요. 전혀요."

총 일곱 명이라 해도 그나마 세 명은 독립하면서 새롭게 고용한 데다 행정 업무를 보는 직원들이라 조강원과는 인사 정도만 한 사이다.

"개인 취향을 알 만한 건 저 포함해서 네 명뿐입니다."

사장, 매니저인 사범석, 그리고 코디와 오래 일한 행정 업무 담당 직원.

"그나마 행정 업무를 하던 분은 빼야겠네요."

"그렇죠."

알고 지낸 게 오래된 것과 개인의 취향을 속속들이 아는 건 전혀 다른 문제니까.

소속사의 행정 직원이 연예인의 개인적인 부분까지 잘 아는 경우는 드물다.

"그러면 저랑 사장님 그리고 코디네이터뿐입니다."

하지만 이제야 성공했는데 사장이 자폭할 리가 없고, 그건 사범석도 마찬가지.

"코디는요?"

"코디도 그럴 친구가 아닙니다. 힘들 때는 월급도 받지 않고 같이 일한 친구예요. 더군다나 성공하고 나서 강원이가 얼마나 잘해 줬는데요."

많은 돈을 준 건 아니지만 보너스로 무려 500만 원이나 줬다고.

하기야, 어려운 시절에 월급도 제대로 받지 못하면서도 계속 일해 준 이라면 그럴 만하다.

"더군다나 그 바를 아는 건 저랑 사장님뿐입니다."

코디는 여자라 아무래도 그런 곳에서 같이 술 마시기가 힘들어서, 간혹 그 바에 갈 때는 코디는 퇴근시키고 자기들끼리 갔다는 것.

"그러면 그 정도로 취향이나 성격을 잘 아는 사람이 더는 없는 건가요?"

"네."

"흠."

노형진은 눈을 찡그렸다. 그러면 답이 없어 보이니까.

"그러면 일단 그 문제는 나중으로 미루죠. 중요한 건 무죄를 증명하는 건데……."

"그게 쉽지 않잖아."

유죄 추정의 원칙을 떠나서, 일단 이런 경우에 여자의 진술이 일관되면 뒤집는 게 거의 불가능하다.

"관련 증거도 없고."

피해자라 주장하는 여성은 자신이 강간 이후에 씻었다고 했고, 실제로 그게 여성들의 일반적인 반응이기에 경찰도 인정하는 상황.

거기다 들어가는 영상이 있는 CCTV와, 그곳에서 사용한 잔에 남은 지문이 있기에 집 안으로는 들어가지 않았다는 주장도 불가능.

"무죄를 주장하기 위해는 일단 강간하지 않았다는 쪽으로는 불가능하니 다른 방향으로 가지."

"하지만 어떻게요?"

"일단 저쪽이랑 합의를 시도해야지."

"합의요? 하겠습니까?"

"당연히 안 하겠죠."

지금 피해자는 정신적 충격을 이유로 어딘가에 숨어서 나오지 않고 있으니, 합의를 시도한다고 해도 결국 상대측에서도 변호사가 나올 거다.

"하지만 이 합의라는 게 단순히 이야기만 나누는 게 아니라 상대방이 뭘 아는지 확인도 할 수 있는 자리거든요."

노형진은 눈을 번뜩거렸다.

"한번 상대방 변호사를 살살 자극해 봐야지요."

"노형진입니다."

"안중혜라고 해요. 반갑습니다."

"김서라 씨는 안 오셨나요?"

"지금 김서라 씨는 심각한 우울증으로 고통받고 있습니다. 그래서 요양 중이세요. 중요한 내용은 저에게 전해 주시면 됩니다."

그 말에 노형진은 고개를 끄덕거렸다.

"이번 사건과 관련해서 어떻게 할 생각이시죠?"

"일단은 원하시는 게 뭔지 들어 봐야죠."

이것이 법이다

"저는 합의와 관련해서 이야기하자고 하셨다고 들었는데요?"

노형진의 말에 안중혜가 눈을 찡그렸다.

"맞습니다."

"그런데 원하는 거라니요?"

"강간한 적이 없다는 게 저희 공식적인 입장이니까요."

"어이가 없군요. 정말 그런 식으로 행동하실 겁니까? 지금 조강원 씨가 얼마나 잘나가는지는 모르겠는데……!"

노형진은 안중혜를 바라보면서 물었다.

"그러면 안중혜 변호사님은 이게 강간 사건이 맞다고 생각하시는 거군요."

"당연하죠."

"그러면 그 조건으로 합의를 주장하시면 되는 겁니다."

그 말에 안중혜는 눈을 찡그렸다.

"그래서 얼마를 원하십니까?"

"돈은 필요 없습니다."

"진짜로요?"

"자기 죄를 뉘우치지도 않고 있는데 무슨 합의입니까?"

"아, 그래요?"

그 말에 노형진은 느긋하게 의자에 기대며 말했다.

"그건 의뢰인과 같이 오신 분이 말하신 겁니까?"

"뭐요?"

"의뢰인과 같이 오셨던 분의 뜻이냐고요."

"의뢰인이 다른 사람과 같이 찾아온 걸 어떻게 아신 거죠? 지금 설마 우리 의뢰인을 감시한 겁니까?"

'감시는 개뿔.'

감시할 이유가 없다. 아니, 할 수도 없다.

애초에 김서라가 어디에 있는지도 모르는데 어떻게 감시한단 말인가?

"뭐, 보통 그런 일을 겪은 분들은 누군가와 같이 다니시더라고요."

"그거야 그렇죠."

그럼에도 불구하고 여전히 경계를 감추지 못하는 안중혜.

"그래서 그 남자분이 뭐라고 하던가요?"

아까와는 조금 다른 질문.

하지만 안중혜는 그 질문이 뭐가 달라졌는지 느끼지 못했고, 그래서 실수를 했다.

"제가 말씀드릴 이유는 없지요."

'없기는 개뿔.'

한 가지는 확실하다. 김서라는 남자와 같이 변호사를 찾아간 거다. 만일 혼자 갔거나 여자와 같이 갔다면 그 남자가 뭐라고 했냐는 질문에 저런 식으로 반응하지는 않았을 테니까.

'그리고 이 변호사, 여자의 심리에 대해 잘 아는 건 아니네.'

강간당한 여자가 남자와 같이 변호사를 찾아가는 경우는 드물다.

아주 친밀한 가족이거나 결혼을 약속한 사람이 아니라면, 진짜로 피해자가 친구나 다른 남자와 함께 변호사를 찾아갈 일은 없다.

'일단 남자랑 간 건 맞는 것 같고.'

문제는 그 두 사람이 무슨 관계인지 알 수가 없다는 것.

"그 남자분이 아무런 말도 안 했단 말인가요?"

"무슨 말요?"

"이런, 의뢰받은 변호사 맞아요? 그런 것도 모르다니."

"무슨 말을 했을 거라고 생각하시는데요?"

"제가 그걸 말씀드릴 이유는 없죠. 아시겠지만."

노형진은 느긋하게 말을 이어 갔다.

"어쨌든, 무슨 소리를 들으셨는지는 모르겠지만 저희는 합의 의사가 없습니다."

'그렇겠지.'

지금은 합의를 말할 상황이 아니다. 현 상황에서 섣불리 돈을 요구하면 그 자체가 자신들이 돈을 요구하기 위해 무고를 했다는 가장 강력한 근거가 되기 때문이다.

더군다나 이슈가 커지면서 아무래도 부담스러워진 상황.

그런 만큼 자기들 나름대로의 방어를 위해서라도 당분간은 피해자로서 합의를 거절할 거다.

"그러면 다른 걸 이야기, 아니 통보해야겠네요."

"통보?"

"이번에 새로운 다큐를 만들 겁니다."

"다큐? 그걸 왜 우리한테 이야기하죠?"

다큐면 방송이 아닌가? 자신들과는 전혀 상관없는 이야기다.

그런데 그다음 말에 안중혜는 입을 쩍 벌려야 했다.

"조강원의 수사에 관련된 겁니다."

"조강원의 수사에 관련된 다큐라니요! 누구 마음대로요!"

"우리 마음대로죠?"

안중혜는 기겁했고, 심지어 듣고 있던 서세영조차 놀라서
눈을 크게 떴다.

"오…… 아…… 읍."

다급하게 입을 막는 서세영.

하지만 안중혜는 입을 다물 수가 없었다.

"지금 뭐 하자는 거죠?"

"뭐 하긴요. 다큐 찍는다고 말씀드렸잖습니까?"

"그러니까 왜요?"

"지금 유죄 추정의 원칙이 문제인 거 아시죠?"

그 말에 안중혜는 눈을 찡그렸다. 그게 사실이니까.

변호사로서 일하다 보면 그런 일을 숱하게 겪는다.

이쪽이 무죄라는 걸 믿어 주는 것까지는 바라지도 않는다.

그러나 최소한 이쪽이 무죄일 가능성조차 아예 무시하는
건, 일하다 보면 자연스레 느끼지 않을 수가 없다.

그래서 최근 이 유죄 추정의 원칙이 이슈가 된 것에 내심

반갑기도 했다.

하지만 그게 이번 사건과 무슨 관계가 있단 말인가?

"그와 관련된 촬영이 들어갈 겁니다."

"아니, 왜 우리 사건에서요?"

"우리 사건에서가 아니라 출연하는 쪽은 조강원 씨뿐입니다만? 아, 혹시 출연하시겠다고 하면 기꺼이 기회를 드릴 수 있습니다."

"아니, 그런 게 아니잖아요. 이건 2차 가해입니다!"

"어째서요?"

"그거야, 다큐에 우리 이야기가 나올 테고……."

"이름도 신분도, 그 어떤 정보도 노출되지 않을 겁니다. 말 그대로 유죄 추정의 원칙에 대한 촬영만 할 거예요."

노형진은 느긋하게 계속 이야기했다.

"우리 쪽 이야기인 만큼 피해자에 대한 2차 가해라고 볼 수는 없죠."

"그건 궤변입니다."

확실히 어떻게 보면 궤변은 맞다. 이슈가 된다는 것 자체가 피해자에게는 부담스러운 일이니까.

"그렇게 부담스러우시면 상영 금지 가처분 신청을 하시면 됩니다. 변호사시잖아요."

노형진의 차가운 말에 안중혜는 분노에 찬 목소리로 말했다.

"설마 제 의뢰인이 자살해서 공소권 없음으로 가기를 원하는 겁니까?"

"그럴 리가요. 그러길 바랐다면 제가 여기서 미리 고지하
지는 않았겠죠."

확실히 자살하길 바랐다면 고지 없이 방송에 내보내기만
하면 되었다.

"뭐, 계획이 그러니까 알아 두세요. 그러면 전 이만."

노형진이 그렇게 자리에서 일어나 버리자 기가 막힌 안중
혜는 입만 쩍 벌린 채 그를 쳐다보았다.

노형진이 밖으로 나오자 서세영이 다급히 물었다.

"오빠, 미쳤어?"

"응, 아닌데?"

"아니, 그런 걸 왜 찍어? 이건 아무리 변명을 해도 2차 가
해가 맞다고!"

아무리 김서라 측이 영상에 나오지 않는다 해도 결국 이
사건은 이슈가 될 수밖에 없다. 그리고 충격으로 인해 숨어
있는 사람에게는 그 자체가 2차 가해가 될 수밖에 없다.

그런 문제에 대해 예민하게 생각하고 조심하는 노형진이
설마 그런 미친 짓을 하겠다고 할 줄이야.

"2차 가해라……. 진짜 피해자라면 그렇겠지."

"진짜가 아니라고 해도 이건 너무 위험한 거 아니야? 만의
하나 진짜일 수도 있고!"

그 말에 노형진은 쓰게 웃었다. 아무리 서세영이라도 자신

의 사이코메트리 능력에 대해 말해 줄 수는 없으니까.

자신의 능력 덕에 이미 무죄라는 걸 알지만, 그래도 어느 정도 설득이 필요하기는 했다.

"촬영 자체는 할 거야. 다만 주제가 뭐가 될지는 상황에 따라 달라질 거야."

"뭐? 그게 무슨 소리야?"

"대부분의 프로그램은 답을 정해 놓고 움직이잖아. 하지만 이번에는, 촬영이야 하겠지만 방향을 정하지는 않을 거야. 당연히 이쪽과 저쪽의 이야기를 공평하게 들을 거고."

"아니, 그러면 왜 그런 식으로 이야기를 한 거야?"

"자극을 준 거야."

"어떤 자극?"

"이 사건에서 문제가 뭐라고 했지?"

"그거야 지금 사실상 답이 정해진 유죄 추정의 원칙이지."

"그렇지. 여성 단체와 일부 단체에서 그걸 노골적으로 요구하고 있어. 그놈들이 과연 하지 말라고 하면 안 할까?"

"당연히 하겠지."

"그래, 하겠지."

그제야 서세영은 뭔가를 깨달은 듯한 표정으로 노형진을 쳐다보았다.

"설마, 그들을 막으려고 그러는 거야?"

"당연히 막아야지."

문제는, 그들을 막으려고 뭘 해도 이쪽이 공격당한다는 거다.

"그렇다고 우리가 일일이 찾아다니면서 공격하거나 방어할 수는 없지."

"그건 그래."

"그러면 어떻게 해야겠어?"

"우리가 공격할 수 있다는 걸 알려 줘야지…… 아아~."

아무리 간땡이가 부은 단체라 해도 다큐에서 대놓고 '유죄 추정의 원칙을 적용해야 한다.'라고 주장할 수는 없다.

"만일 그런 단체라면 내가 박살 내 버리면 그만이고."

문제는 그걸 한 방에 알릴 방법이 없다는 거다.

이쪽에서 찾아다니면서 '다큐 촬영합니다.'라고 알릴 수는 없는 노릇이니까.

"하지만 저놈들이 유죄 추정의 원칙으로 밀어붙이기 위해서는 피해자인 김서라 쪽과 한 번은 접촉해야 하거든."

"그렇겠네."

물론 피해자들과 접촉하지 않고 활동하는 놈들도 분명 있다. 그리고 피해자를 무시하면서 활동하는 놈들도 있다.

과거에 모 사건에서 사망자의 유가족에게 유가족답게 입 닥치고 있으라고 말한, 자칭 여성 단체라는 놈들 정도로 뻔뻔한 놈들 말이다.

"그런 놈들은 정상적인 놈들이 아닐 거야."

놈들은 사회단체라고 떠들고 다니지만 실제로는 어디에

등록도 되지 않은 채 그저 자칭만 하는 놈들이었다.

"하지만 등록 단체는 부담스럽지."

"아, 그렇겠네."

왜냐하면 등록 단체들은 어떻게든 정부의 지원을 받고 싶어 하기 때문이다.

정부에서 지원받아야 어떻게든 버틸 수 있으니까.

사실 여성 단체나 소위 인권 단체라는 곳은 상당수가 정부 지원을 받아 가면서 버틴다.

기부금이 없는 건 아니지만 충분하지도 않으니까.

"그런데 그 심사 규정이 상당히 까다로운 편이거든."

정권에 따라 보수니 진보니 하면서 따지는 경우도 있고, 그게 아니라 해도 사회적으로 이 조직이 도움이 되는지 확인하는 것도 있다.

"다만 한 가지는 확실하지."

바로 어떤 조직이라도 법을 무시하는 순간 지원이 끊어질 수밖에 없다는 것이다.

"다큐라면 당연히 부담스럽겠네."

"부담스럽지."

다큐에 나와서 '우리는 유죄 추정의 원칙을 지지합니다.'라는 식으로 이야기하면 그 순간부터 헌법을 위반한 조직이 된다.

그런데 헌법을 위반한 조직에 정부 지원금을 주는 나라는 없다.

"더군다나 송정한 대통령의 성향상 그걸 가만히 두고 보지도 않을 테고."

"음."

그러니 '취재 중'이라는 꼬리표가 붙는 순간 슬며시 꼬리를 마는 놈들이 생겨날 거다.

"그런 걸 신경 쓰지 않는 놈들이야 끝까지 가겠지만, 그래도 최소한 60% 이상은 나가떨어질걸."

조강원의 사건에 많은 단체가 달라붙어서 물어뜯는 건 그가 스타, 그것도 나름 월드스타급이다 보니 이슈화하고 물어뜯을수록 자기들의 존재감이 드러나기 때문이다.

"하지만 존재감을 드러낸다고 해서 다 좋은 건 아니지."

존재감이 드러나면 그만큼 공격도 거세지는 법이다.

만일 공격을 이겨 낼 자신이 없는 놈들이라면 아마 재빨리 빠져나가는 걸 선택할 거다.

"그래도 남을 놈은 남을 거고. 와, 무슨 세균도 아니고."

"세균?"

"아, 그거 있잖아요. 슈퍼 세균이 증식하는 거."

"아, 그거. 확실히 비슷하지."

슈퍼 세균이 자라는 방식은 단순하다.

거의 모든 살균제는 세균을 99.9% 살균할 수 있다.

문제는 남은 0.1%의 세균이다.

그 0.1%의 세균은 살균할 수 없는데, 증식 속도도 어마어마하다. 그렇다 보니 처음에는 0.1%였던 세균이 다른 세균의 빈자리를 엄청나게 채우기 시작하고, 어느 순간이 넘어가면 감염 확률이 미친 듯이 높아진다.

그래서 병원에서는 여러 종류의 살균제를 섞어서 방역한다. 그래야 여러 종류의 세균에 대항할 수 있기 때문이다.

문제는 아무리 여러 종류의 살균제를 섞어서 살균한다 해도 0.0001%의 세균은 살아남는다는 거다.

그리고 그 세균은 어떤 약에도 내성을 가진 데다가 나중에는 증식도 엄청나게 해서 슈퍼 세균이 되어 버린다.

"뭐, 사회단체도 마찬가지이긴 하다."

체급이 어느 정도 되는 순간 그들은 일종의 건드릴 수 없는 불가침의 영역에 들어간다.

사람들이 지원금을 보내 주기도 하고, 그 덩치를 무시할 수 없으니 국가에서도 어쩔 수 없이 적지 않은 지원금을 보내 주기 때문이다.

"그리고 그게 권력이 되고."

"맞아."

"그러면 어떻게 해야 해? 남은 소수의 단체는?"

"어쩔 수 없지."

그런 놈들은 다큐를 찍는다고 해도 눈도 깜짝하지 않을 것이다. 도리어 '성범죄에 대항하는 우리를 모욕하기 위한 수작이다.'라고 주장할 거다.

"하지만 그래도 경찰과 검찰에서는 눈치를 보지 않겠어? 사실 주요 목적은 그거고."

"그러네. 그걸 자꾸 잊어버리네."

검찰과 경찰은 사회의 눈치를 자꾸 본다.

정치적인 문제에 있어서는 윗선의 눈치를 보지만, 사회적 문제에 있어서는 여론의 눈치를 본다.

소수의 사회단체는 그걸 선동해서 경찰과 검찰을 압박할 수 있는데, 실제로 유죄 추정의 원칙이 범죄에 적용되는 가장 큰 이유 중 하나가 바로 그러한 좌표 찍기와 선동이다.

"그런데 그 좌표 찍기와 선동이 아무리 무서워도 헌법위반은 더 무서우니까."

물론 좌표 찍기와 선동이 귀찮긴 하겠지만, 헌법을 위반하다가 걸리면 그 역풍이 어마어마하니까.

"당장 지금 부는 역풍도 어마어마하게 뒤집어질 판국이지."

"아하."

당연하게도 이번 사건에서 검찰과 경찰은 다큐를 찍는다고 하면 눈치를 보면서 최대한 공정하게 할 거다.

"하긴, 이런 사건에서 가장 큰 문제가 불공정한 시선이기는 하네."

서세영도 아는 것. 그건 바로 유명인에 대한 불공정한 시선이다.

"맞아. 그런 면에서 연예인들은 어떻게 보면 엄청 억울한 거지."

　그렇잖아도 해결하기 힘든 사건인데 유명인이라는 이유로 사방에서 공격받아야 한다는 것은 상당히 불공정하고 비정상적인 상황이다.

　"한국의 노블레스 오블리주는 엄청 비틀려 있으니까."

　노블레스 오블리주.

　사회적으로 더 높은 지위에 있다면 더욱 많은 도덕적인 책임을 져야 한다는 말이다.

　과거 귀족들에게 해당되는 말이었고 지금은 사회 지도층에게 해당되는 말이다.

　"그런데 연예인이 사회 지도층이라고 볼 수 있어?"

　"그건 그래. 옛날에는 딴따라라고 불렸다던데."

　"네가 그걸 또 어떻게 알아?"

　"할머니가 그랬어, 나 어릴 때 가수 하고 싶다고 하니까 딴따라가 뭐가 그리 좋냐고."

　그 말에 노형진은 자신도 모르게 피식 웃었다. 하긴, 여자애들 중에 가수나 아이돌 꿈을 안 꿔 보는 애들이 얼마나 될까?

　"맞아, 그랬지."

　그만큼 대우가 안 좋았다. 나이 먹은 사람들은 연예인을 일종의 기생 보듯이 하기도 했다.

　"하지만 그래도 지금은 아니잖아?"

　"그렇지. 그런데 유명한 사람이 반드시 사회 지도층인 건 아니잖아."

"아, 하긴, 또 그렇다."

유명하다는 건 그저 이름이 널리 알려져 있다는 거지, 사회를 이끌어 가는 계층이라는 의미는 아니다.

"정작 사회 지도층은 이 노블레스 오블리주를 지키지 않지."

그들은 음지에서 더더욱 조용히 해 처먹거나 비리를 저지른다.

"그런데 이런 일이 터지면, 사람들은 유명할수록 더 큰 책임이 따라야 한다고 생각하거든."

물론 사회 지도층이 아니더라도 유명인은 사회적으로 모범을 보여야 하는 사람이기는 하다. 그렇기에 그 시선이 꼭 나쁜 건 아니다.

어떤 심리학자가 그러지 않았던가, 현시대의 연예인은 과거의 영웅을 대신하는 사람이라고.

"문제는, 그런 경우에는 이렇게 유죄가 확정된 상태로 심판을 받는다는 거지."

진실과 상관없이 사방에서 유죄를 외치고 진실과 상관없이 유죄로 처벌받는다. 어찌어찌해서 나중에 무죄로 풀려난다 해도 이미 사회적으로 고립되어서 재기하기가 불가능하다.

노형진의 설명을 듣던 서세영이 돌연 어두운 얼굴로 중얼거렸다.

"무섭네."

"뭐가?"

"온 세상이 유죄 추정의 원칙으로 굴러가고 있었는데 우리는 정작 무죄 추정의 원칙이 법으로 보장된 기본권이라고 믿고 있었잖아."

"그렇지."

모든 변호사들이, 모든 판검사들이, 심지어 국민들조차 한국에서는 무죄 추정의 원칙이 기본이라 착각했던 것.

"그런 의미에서 봤을 때 유죄 추정의 원칙으로 처벌받게 되는 사람과 유죄 추정을 할 수밖에 없다는 피해자의 의견 대립은 어찌 보면 당연한 거지."

"저쪽에서 피하면 어쩌려고?"

"상관있나?"

"응?"

"너도 속으면 어쩌냐."

노형진은 서세영을 보면서 피식 웃었다.

"내가 뭐라고 했어?"

"그…… 유죄 추정의 원칙에 대해 촬영한다고 했지."

"그렇지. 그런데 저쪽을 캔다고 했어? 아니면 수사를 촬영한다고 했어?"

"그거야…… 그러네?"

피해자를 찍어야 한다고 주장하거나 한 적은 없다.

유죄 추정의 원칙과 관련해서 수사를 촬영한다고 했을 뿐.

"그건 촬영 대상이 경찰이나 검찰이라는 소리야, 피해자라고 주장하는 저쪽이 아니라. 당연히 그들이 딱히 입을 열지 않으면 우리는 그것만 보내면 되는 거야."

핵심은 성범죄의 진위 유무가 아니라 유죄 추정이 어떻게 작동되는지를 보여 주는 거니까.

"아…… 그러네? 미묘하게 저쪽 의견이 필요 없어지네?"

"그렇지?"

그러나 왠지 서세영은 걱정스러운 얼굴이었다.

"그러면 촬영 때문에 우리가 불리해질 수도 있겠구나? 진짜 공정하게 촬영한다면 강간이 인정될 가능성도 있잖아."

"그래. 만일 저쪽의 말이 더 신빙성이 있거나 강간을 했다는 증거가 있다면 이쪽에 치명타지. 그게 뭐? 어때서?"

"응? 안 좋은 거 아냐?"

"그게 나쁜 거야? 거짓말을 한 건 내가 아니야. 의뢰인이지. 내가 누차 말했지, 의뢰인도 거짓말을 한다고. 만일 진짜로 나한테 거짓말했다면 그건 당사자가 책임질 일이야. 내가 아니라."

"아…… 완전 납득했어."

노형진의 말에 서세영은 고개를 끄덕거렸다.

'물론 그런 일은 없을 테지만, 후후후.'

노형진은 그런 서세영을 바라보면서 속으로 미소를 지었다.

공개재판

"취재라고요?"

"단순 취재가 아니라 다큐로 만들어서 네트웍플러스로 갈 겁니다."

아무리 노형진이 계획을 세웠다고 해도 그걸 당사자의 동의도 없이 실행할 수는 없는 노릇.

노형진은 조강원에게 말했다.

"하지만 그러면 제 이미지가……."

"지금 이미지를 챙길 상황이 아닙니다. 조강원 씨도 아시잖습니까? 이 끝은 결국 파멸입니다. 감옥을 가느냐 마느냐의 차이일 뿐입니다."

조강원은 그 말을 부정하지 못했다.

수많은 선배들이 어떤 식으로 망가지는지 봐 왔기 때문이다.

"특히 배우들은 그냥 나락으로 직행하는 경우를 엄청나게 많이 보셨을 겁니다."

"후우~."

실제로 모 남자 배우가 이런 사기에 당한 적이 있었다.

나중에 무죄가 나오기는 했지만 재기는 못 했다. 재기가 문제가 아니라, 폭삭 망했다.

"아시겠지만 이런 경우에는 손해배상을 받는 것 자체가 불가능하다고 봐야 합니다."

연예인이 이런 범죄에 연루되면 계약 해지를 당하고 막대한 손해배상을 해 주게 된다.

가수라면 공연이 끊어지고 광고가 끊어지는 정도에서 끝나겠지만, 배우라면 광고도 끊어지고 촬영한 드라마에 대한 손해배상도 해야 한다.

그 돈이 수십억이 넘어가기에 결국 배우뿐만 아니라 소속사도 망한다.

"그런데 이런 짓거리를 하는 놈들이 과연 돈이 있을까요?"

나중에 법원에서 무죄가 나온다고 해도, 그 후에 광고를 이어 가거나 촬영된 드라마를 방영하는 건 불가능하다. 이미 광고 자체가 박살 났기 때문이다.

결국 그 손실에 대해 무고죄로 다퉈야 한다.

"무고죄로 고소해도, 한국은 무고죄 인정률이 엄청나게

낮지요."

설사 이긴다고 해도 이런 놈들은 보통 감옥에 가 버리지 배상은 하지 않는다. 애초에 배상할 돈도 없고 말이다.

애초에 그 정도 돈이 있다면 이런 짓은 안 할 테니까.

"무죄는 만들어 드릴 수 있습니다. 하지만 재기는 전혀 다른 문제예요."

더군다나 해외에서는 성범죄에 대해 엄청나게 예민하다.

한국에서 터진 사건이라 해도 해외에까지 알려진 이상 다시는 쓰지 않을 거다.

"그럴 바에는 차라리 이쪽에서 역습을 해야 합니다."

"그게 다큐란 말입니까?"

"기회는 좋으니까요."

그렇잖아도 대한민국은 유죄 추정의 원칙으로 발칵 뒤집어졌다.

경찰과 검찰에서는 그런 게 없다고 주장하고 있지만, 이미 당한 사람들이 인터넷에 증언을 올리고 우리국민당에서는 입법을 통해 유죄 추정의 원칙을 막겠다고 공언했다.

그리고 자유신민당과 민주수호당 역시 차마 그걸 막지는 못하고 어느 정도 수긍하고 있는 상황.

"그러니까 그 여론을 이용해서 뒤집자는 거죠."

성범죄에 대한 부정적인 여론과 유죄 추정의 원칙에 관련된 부정적인 여론.

그 두 가지가 현 상황에서는 상반된 모습을 보이고 있다.

"그러면 저는 어떻게 되는 겁니까?"

"무죄가 맞다면, 그리고 그 입증에 성공하면다면 전 세계적으로 큰 반향을 일으킬 겁니다."

사실 유죄 추정의 원칙은 한국만의 문제가 아니라 전 세계적인 문제 중 하나다. 다만 한국이 좀 심할 뿐이다.

"하지만 실패하면……."

"망하겠죠."

교도소에 가야 할 테고, 그로 인해 인생은 추락할 거다.

"그런데 별 차이가 있습니까?"

"네?"

"어차피 팔린 얼굴이지 않습니까?"

"그건…… 그렇죠."

이미 네트웍플러스를 통해 전 세계에 팔린 얼굴이다.

다큐를 찍든 안 찍든 패배하는 순간 그는 도망갈 곳도, 먹고살 방법도 없다.

"이건 하이 리스크 하이 리턴이 아닙니다. 로우 리스크 하이 리턴입니다."

그 말에 조강원은 입술을 깨물었다.

이미 구속까지 당한 상황에서 더 이상 선택지는 없었다.

"네, 알겠습니다."

"좋습니다. 그러면 바로 촬영을 시작하죠."

노형진은 밖으로 신호를 보냈다. 그러자 이미 준비하고 있던 카메라맨과 촬영팀이 안으로 들어왔다.

"미리 준비하신 겁니까?"

"선택지가 없다는 걸 알고 있으니까요."

그 말에 조강원은 쓰게 웃었다.

"자, 이제 본격적으로 시작하죠."

"네."

"그 김서라라는 여자에 대해 아시는 거 있습니까?"

"전혀요. 아는 건 없습니다. 그날 처음 만났고."

예상대로 아는 것도 없고, 둘이 나눈 대화도 그저 신인에게 조언을 해 준 정도였다고.

"현장에서 차를 마신 건 사실이고요?"

"네. 그게 딱히 문제가 될 거라는 생각은 못 했습니다."

하긴, 누가 자기가 마신 차가 증거가 되어서 자신을 강간범으로 옭아맬 거라 의심하겠는가?

그런 의심을 가지고 사는 사람은 보통 피해망상 환자뿐이다.

"그러면 다른 걸 물어보죠. 김서라 씨를 만난 장소가 브루클린브리지 맞습니까?"

"네."

"거기에 몇 년 다니셨죠?"

"그게 중요합니까?"

"중요합니다."

"그곳에 제가 다닌 게…… 한 5년째군요. 소속사에 들어가고 나서부터 갔으니까요."

"누가 소개해 준 건가요?"

"소개해 준 건 아닙니다. 그냥 추억이 있죠."

"추억?"

"첫 출연작에서 통편집당했거든요."

조연도 아니고 단역이었다. 그랬기에 상황에 따라 통편집될 가능성을 모르는 바는 아니었다.

그래도 영화에 단역으로 출연했으니 기대를 품고 있었는데, 영화관에 가서야 통편집을 당했다는 걸 알았다.

하긴, 영화 제작사에서는 이미 돈을 다 준 마당에 통편집을 하든 안 하든 그 건으로 굳이 연락할 이유가 없으니까.

"그래서 그 후에 어떻게 가게 된 겁니까?"

"우울하더군요."

그래서 그날 술을 마시고 싶어서 찾아간 곳이 브루클린브리지였던 것.

"그런데 단골이시라고 하던데요."

"그렇죠."

"어쩌다 단골이 되신 겁니까?"

"그날 술에 취해서야 알았습니다, 카드 한도가 찼다는 걸."

술은 먹었는데 결제가 안 되자 주인은 껄껄 웃으면서 나중에 성공해서 갚으라고 웃으며 보내 줬다고.

그 후에 단골이 되었다는 거다.

'역시나 이럴 줄 알았지.'

경찰은 이런 사실에 신경 쓰지 않는다. 그냥 사건에만 집중하다 보니 자잘한 영역은 대충 넘어간다.

"그래서 그 후에 단골이 되신 거군요."

"네."

"그러면 그곳에 대해 아는 사람들은 많은가요?"

"적지 않죠. 저희 회사에서도 매니저님이랑 사장님도 아시고."

딱히 비밀이라고 할 만한 것도 아니고 퇴폐 음식점도 아니니까.

바라지만 여성 바텐더가 술을 주는 게 아니라 50대 남성이 운영하는 미국식의 바니까.

그렇다 보니 주변에도 심심치 않게 소개해 줬다고.

돈이 없는 그가 미안한 마음에 해 줄 수 있는 건 그 정도뿐이었다.

"그러면 주변 인물은 생각보다 많이 알고 있겠네요?"

"네. 저랑 친한 사람은 다 알고 있습니다."

'쉽지 않겠는데?'

너도나도 알고 있다면 추적이 쉽지 않을 것이기에 노형진은 눈을 찡그릴 수밖에 없었다.

'그렇다면 방법을 바꿔야지.'

방법은 하나뿐이다.

"그러면 여성 취향은 어떻게 되십니까?"

"네? 갑자기요?"

그렇잖아도 불리한 상황에서 그런 질문은 도리어 죄를 뒤집어씌울 수 있기에 조강원은 당황해서 되물었다.

"중요한 겁니다."

"그……."

"검은 머리에 안경에 정장 스타일에 지적인 이미지 맞습니까?"

"네, 맞아요."

천천히 고개를 끄덕이는 조강원을, 노형진은 확신에 찬 눈으로 바라보았다.

'딱 그날 그 여자 스타일이니까.'

"알겠습니다."

"그게 끝인가요?"

조강원이 떨떠름하게 물었다.

노형진은 자리에서 일어나며 답했다.

"네, 끝입니다."

이제 다른 증거는 다른 곳에서 찾을 시간이었다.

⚖️

브루클린브리지는 오래된 술집이었다.

화려함보다는 미국식의 소박함이 있는 술집.

"우리 가게 이름?"

"네, 독특하잖아요. 솔직히 콘셉트도 독특하고."

"아, 내가 미국에서 일하다 왔는데, 거기에서처럼 혼자라도 마음 편하게 술 마실 수 있는 곳이 있으면 좋겠다 싶어서 말이지."

"일하던 곳이 브루클린이었나 보네요."

"맞아."

주인은 고개를 끄덕거렸다.

"거기서 한 20년 일했지."

"그렇군요."

주인은 기억을 더듬는 듯 미소를 지었다.

"그러면 조강원 씨를 아시게 된 건?"

"아, 처음 왔을 때, 술에 꽐라가 되어서 펑펑 울더라고. 그래서 안쓰러워서."

주인의 말은 조강원이 한 말과 비슷했다.

차이는 조강원이 술에 취해서 펑펑 울었다 정도?

"그러면 조강원 씨가 사람을 많이 데려왔나요?"

"자주 오기는 했어. 그 덕분에 나름 손님도 늘었고."

그 말에 노형진은 고개를 끄덕거렸다.

이쯤 되면 이제 슬슬 본론을 이야기할 시점이다.

"그러면 이번 사건에서 피해자인 분에 대해서는 아시나요?"

그 말에 주인은 눈을 찌푸렸다. 하지만 이내 고개를 끄덕거렸다.

이미 그와 관련해서 질문할 거라고 들었고 딱히 감출 이유도 없으니까.

"알지. 우리 가게에도 몇 번 왔으니까."

"몇 번요?"

"그래, 한 열댓 번 왔지."

"그렇군요."

'그러면 언제 오는지까지는 몰랐다고 볼 수 있네.'

아마도 기회를 노리며 주기적으로 찾아왔을 거다.

"그래서, 연기자 지망생이라고는 하던가요?"

"딱히 이야기는 안 나눠 봐서……. 여기 콘셉트가 그런 거라."

누구도 귀찮게 하지 않고 그냥 편하게 혼자서 한잔하는 콘셉트.

"그러면 한 가지만 더 여쭈어볼게요. 그분이 오실 때마다 복장이 어땠습니까?"

"뭐, 매일 똑같았지. 그래서 이 근처에서 일하는 직장인이려니 했어."

하지만 김서라는 직장인도 아니고 이 근처에 사는 사람도 아니다.

"올 때마다요?"

"올 때마다 그랬지."

'확실히 노린 거네.'

그녀의 집에서 여기까지 오는 게 힘든 건 아니지만 그렇다고 해서 소위 오피스 룩을 챙겨 입고 수시로 찾아올 이유는 없다.

더군다나 김서라는 자신을 연예인 지망생이라고 소개했다.

그런데 노형진의 경험상 연예인 지망생들은 패션에 대해 엄청나게 관심이 많다. 왜냐.

연예인들에게 옷이라는 건 단순히 입는 걸 넘어서 자신을 어필하는 수단이기 때문이다.

그래서 연예인 지망생들은 비싸지는 않더라도 다양한 옷과 다양한 패션으로 상황에 따라 자신을 어필하려는 모습을 보인다.

그런데 여기에 올 때마다 굳이 그런 하얀 블라우스에 검은 치마를 입었다?

그건 본인의 취향보다는 타인, 즉 조강원의 취향에 맞춰 움직였다는 소리다.

"그러면 그런 옷을 입은 다른 사람은 없었습니까?"

"그런 옷을 입은 다른 사람?"

"네. 조강원 씨와 관련된 사람 중에서 말입니다. 아니면 그 취향을 아는 사람이라든가요."

그의 취향은 분명 독특하고 확고하다. 그리고 그 취향을 아는 사람은 드물 수밖에 없다.

브루클린브리지 같은 곳이야 그냥 술집이니 쉽게 소개해 줄 수 있겠지만, 개인의 취향은 쉽게 이야기할 수 있는 화제가 아니다.

아주 친밀한 사람이 아니고서야 그런 이야기까지 나누지는 않는다.

이상형이야 쉽게 이야기하지만 복장에 관한 이야기는 일종의 성적 판타지에도 걸쳐진 영역이기에 진짜 친한 사람이 아니면 서로 언급조차 하기 애매한 영역이다.

예를 들어 이상형으로 단발머리가 좋다고 밝히는 거야 가능하겠지만 단발에 교복 느낌의 투피스를 입고 니삭스를 신은 학생 스타일의 여자가 좋다고 밝히기는 어렵다는 거다.

물론 오피스 룩이라는 게 사회적으로 금기시되는 취향은 아니지만 그래도 진짜 친하지 않다면 입에 담기 껄끄러운 게 사실이다.

"음……."

그 말에 주인은 한참을 생각했다. 그러더니 힐끔 카메라를 바라보았다.

그 모습을 본 노형진은 직감적으로 알 수 있었다.

"생각나는 사람이 있으신가 보군요."

"없는 건 아닌데, 이게 말하기가 그래서."

"걱정하지 마세요. 문제가 될 것 같으면 커트하겠습니다."

"아니, 그게 조 군에게 피해가 갈지 어떨지 알 수가 없잖

아. 그걸 자네들이 판단하게 하기는 좀 그렇지."

"그러면 이 부분은 조강원 씨에게 확인하겠습니다."

"음……."

그 말에 주인은 잠깐 고민하다가 고개를 끄덕거렸다.

"그런 타입이 한 명 있기는 했어."

"누군데요?"

"모르지. 이름을 물어보거나 하지는 않으니까. 하지만……."

"하지만?"

거기에서 잠깐 말을 멈춘 주인은 결국 결심한 듯 말했다.

"여친이 아닐까 싶던데?"

"여친요?"

"그래. 뭐 1년 전쯤이었나? 대판 싸우고는 안 보이는 것 같던데."

"조강원 씨에게 여친이 있었다고요?"

"몰라. 하지만 그렇게 보이기는 했어."

오피스 룩을 입고 오는 경우도 많았고 이곳에서 조용히 만나는 경우도 많았지만, 어느 순간부터 안 보였다고.

"여긴 그런 걸 캐묻는 곳이 아니니까 묻지도 않았지. 하지만 그런 오피스 룩을 입고 다니는 사람은 그 여자뿐이었어."

"그 여자는 여기에 대해 잘 아나요?"

"알지 않을까? 그러니까 자주 왔겠지?"

'하긴, 상관없나?'

중요한 건 조강원이 여기에 잘 다닌다는 사실이지, 조강원이 여기에서 어떤 추억을 가지고 있느냐가 아닐 테니까.

　　"그 여자에 대해 더 이상 아는 건 없으시고요?"

　　"없지. 결제도 다 조강원이 했고."

　　그렇다면 물어볼 사람은 단 한 사람뿐이었다.

　　"여자 친구 말입니까?"

　　"네. 그 주인분이 그러시더군요. 그런 오피스 룩을 곧잘 입던 여자와 자주 오셨다고."

　　"그게……."

　　그 말에 조강원은 긴 한숨을 내쉬었다.

　　"네, 맞아요. 전 여자 친구였죠."

　　"전 여자 친구?"

　　"네, 전 여자 친구입니다. 한 1년 반쯤 전에 헤어졌습니다."

　　사귄 기간은 한 2년 정도. 그러나 결국 헤어졌다고.

　　'역시 그랬군.'

　　아무리 조강원이 선이 굵은 미남이라 한국보다는 미국에서 더 먹히는 이미지라 해도 본바탕은 어느 정도 있을 수밖에 없다.

　　조강원의 별명이 잘생김을 연기하는 미남이긴 하지만 그것도 얼굴이 호감상이라서 가능한 거지, 진짜 못생긴 사람은 그마저도 불가능하다.

"그래요? 그런데 회사에서는 모르던데요?"

"배우가 여자 친구를 만난다는 게…… 좀 그렇지 않습니까?"

"그건 그렇죠."

그래서 회사는 물론 다른 사람들에게도 이야기하지 않았다는 것.

"그런데 어쩌다 헤어지신 겁니까?"

개인의 성적인 취향을 알고 있다는 것.

그건 이번 사건과 아주 밀접한 관계가 있을 수 있다는 소리다. 누구도 모르는 걸 알고 있으니까.

'더군다나 여자 친구면 개인의 성향도 잘 알겠지.'

어떤 사람인지, 어떤 이야기를 해 주면 좋아하는지 등등 말이다.

"그게…… 제가 무명이고 미래도 없으니까요."

"1년 반 전이면 딱 그 시점이군요."

그를 월드 스타로 만들어 준 작품을 만나기 바로 직전이다.

그 당시의 해당 작품은 한국에서 그다지 기대되는 스토리도 아니었을뿐더러 노형진의 기억 속에도 없는 작품이었다.

아마 역사가 비틀리면서 새롭게 탄생한 작품이리라.

어찌 되었건 그 작품은 한국에서는 그저 그랬지만 네트워플러스에서 대박이 난 후에 역으로 한국에서 입소문으로 크게 뜬 스타일이었다.

"여자분이 헤어지자고 하신 건가요?"

"네."

"좋게 헤어지셨습니까?"

"좋지는 않았죠……."

쓰게 웃는 조강원.

"이미 바람이 난 상황이더라고요."

상대방은 모 대기업의 직원.

물론 그 남자를 탓하는 건 아니다. 그 남자도 모르고 만났을 가능성이 크니까.

"그렇군요."

취향을 아는 사람, 그 가게를 아는 사람.

그리고 조강원은 왠지 꺼림칙한 얼굴이 되었다.

"그러면 그 후에 만난 적이 있으십니까?"

"네?"

"그 후에 연락이 온 적이 있느냐고요."

"그게 말입니다."

조강원의 얼굴에는 설마 하는 기색과 떨떠름한 기색이 공존하고 있었다. 그러나 이내 결심한 듯 입을 열었다.

"몇 번 연락이 왔습니다."

"뭐라고 하던가요?"

"그게…… 다시 시작해 보자고……."

"그래서 뭐라고 했습니까?"

"거절했습니다."

"그 연락이 온 게 성공하고 나서죠?"

"네."

성공하기 전도 아니고 성공한 후에 연락이 오면 조강원 입장에서는 거절하는 게 당연하다.

그냥 헤어진 것도 아니고 바람피워서 헤어진 건데, 심지어 성공한 뒤에 연락해 오면 누가 다시 사귀겠는가?

여전히 좋은 감정이 남아 있다고 해도 이제 막 성공한 시점에서 여자를 조심해야 하는 건 당연한 일이다.

더군다나 다시 사귈 경우 대기업 직장인의 입장에서는 연예인에게 여자 친구를 빼앗긴 셈이다. 그냥 넘어갈 수도 있겠지만 이게 이슈가 되면 활동에 제약이 생긴다.

"그랬단 말이죠."

노형진의 말에 조강원의 눈동자가 심하게 흔들렸다.

하긴, 자신의 전 여자 친구가 범인 중 한 명일 가능성이 있다는 걸 알았으니 충격을 받을 수밖에 없다.

"그래서 그 여자 이름이 뭡니까?"

노형진은 눈을 번뜩거렸다.

⚖️

"설마 그렇게까지 할까?"

"뭐가?"

"강원주? 이 여자 말이야. 아무리 그래도 전 여친이잖아."

"모르지. 하지만 여자들은 때때로 복수에 눈이 멀어서 파멸을 향해 달려가기도 하거든."

여자가 한을 품으면 오뉴월에도 서리가 내린다. 한국의 속담이다.

"하지만 그 한이라는 게 그 여자가 잘못해서 생겼을 수도 있지."

"하긴, 그건 그래."

원한이라는 건 피해자만이 가지는 게 아니다.

때로는 가해자 또는 범인이, 이득을 제대로 얻지 못했다고 원한을 가지기도 한다.

"솔직히 누군가 성공한 후에 헤어진 전 애인이 매달리는 건 진짜로 흔한 일이라 뉴스도 안 될 정도고."

"그건 그렇지."

그렇게 보면 분명히 전 여자 친구가 복수를 위해 이 모든 것에 협조했을 가능성 역시 무시 못 한다.

"하지만 경찰에서는 조사하지 않겠지?"

"안 하겠지."

제3자이고, 아예 사건과 직접적인 연관성이 없으니까.

"솔직히 조사한다 한들 진실을 말하지도 않을 테고."

그러니 경찰은 기껏해 봐야 한번 불러서 질문 몇 개 던지는 참고인 수준으로 취급할 테고 그 답 역시 '모른다.'로 정해져 있을 거다.

"그러니 우리는 좀 다른 방법으로 해결해야지."

그 순간 문이 열리면서 고문학이 안으로 들어왔다.

"노 변호사님, 강원주 씨에 대한 정보를 가져왔습니다."

"그래요? 앉으세요."

노형진은 고문학에게 자리를 권하고 서류를 건네받아 확인하기 시작했다.

"흠…… 별반 이상한 건 없네요. 대기업에 다니는 여성이고, 학력도 평범하고."

"네."

범죄 전력은커녕 이상한 점도 없다.

"오빠, 이런 사람이 범죄를 저질렀다고 볼 수는 없는 거 아니야? 돌변해서 이럴 수는 없잖아?"

"모를 일이지. 사람들이 얼마나 본성을 잘 감추는데."

노형진은 그렇게 말하면서 계속 자료를 읽었다.

불법적으로 얻은 자료이기에 방송에 내보낼 수는 없지만 최소한 추적하기 위한 도구 정도는 될 수 있었다.

"응? 이건?"

한참 자료를 보던 노형진이 문득 고개를 갸웃했다.

"핸드폰 번호가 세 개네요?"

"네, 그렇더군요."

"사용 내역은요?"

"거기까지는 접근하지 못했습니다."

"그래요?"

하긴, 통화 내역까지 접근하는 건 절대로 쉬운 일이 아니다.

하려면 할 수야 있겠지만 다큐라는 형태로 사건을 물고 들어가기로 한 이상 누가 봐도 출처가 불분명한 자료가 갑자기 튀어나오면 불법 논란에 휩싸일 가능성이 높다.

"알아볼까요?"

"아니요. 잠깐만요."

세 개의 전화번호. 노형진은 그걸 한참 바라보았다.

"직장인이 번호를 세 개씩이나 쓸 이유가 뭐가 있지?"

"없지, 보통은?"

사업하는 사람이라면 한두 개 정도는 사업용으로 쓸 수 있으니까 이해라도 한다. 실제로 그런 사람들이 많기도 하고.

"하지만 일반 직장인이라면 그럴 이유가 없지."

업무용과 일반용을 구분해서 쓴다 해도, 세 개까지 가지고 있을 이유가 없다.

"아니야, 오빠. 의외로 여러 개 가지고 다니는 사람은 많아. 태블릿에도 번호를 넣을 수 있는걸. 데이터 문제도 있고 말이지."

"알아. 내가 말하는 건 번호의 다양성이 아니야. 회사의 다양성이지."

이것이 법이다

"회사의 다양성?"

"너 같으면 여러 개의 핸드폰을 쓴다고 하면 어떻게 할래?"

"당연히 한 회사에 몰아넣지."

그래야 혜택이 있으니까.

그리고 관리도 편하다. 한 번에 요금을 등록하면 그만이니까.

"그런데 이 번호들 말이야. 하나는 대기업 쪽인데 두 개는 알뜰폰이야."

"그게 왜?"

"알뜰폰은 상황에 따라서는 서비스가 제한되기도 해. 예를 들면, 음…… 위치 추적 서비스가 제공되지 않지."

"응? 뭐라고? 진짜야?"

"그래. 알뜰폰은 위치 추적 서비스가 제공되지 않아. 정확하게는, 부정확하다고 봐야지."

위치 추적은 기본적으로 와이파이와 GPS 기반 소프트웨어가 없어서 오로지 핸드폰사의 삼각측량만으로 추적하는데, 오차가 최소 500미터에서 심한 경우 4킬로미터까지 발생한다.

"그것 말고도 여러 가지 서비스들이 부족하지. 그런데 그마저도 한 개 회사가 아니란 말이야. 왜 굳이 불편하게 통신회사를 세 개나 쓰겠어? 그러면 경찰도 추적이 어렵거든."

대표적인 핸드폰 회사에 사실 조회를 요청해도 '이 번호는 없는 번호입니다.'라는 답변이 돌아오지, '이 번호는 어떤 회사 소속입니다.'라는 답변이 오지는 않는다.

당연히 그런 경우 경찰은 그 수많은 알뜰폰 회사를 하나하나 뒤져야 한다.

"편의성을 손해 보면서까지 왜 군이 세 개를 각자 다른 회사로 쓰겠어?"

"뭐지, 이거? 사기라도 치고 다니는 건가?"

서세영은 이해가 안 간다는 듯 고개를 갸웃했다.

군이 왜 핸드폰을 세 개씩이나, 그것도 다 다른 회사로 개통한단 말인가?

보통 사기꾼들이 이런 식으로 다수의 핸드폰을 사용하기는 하지만 강원주는 그런 전적도 없다.

"흠."

노형진은 잠깐 고민하다가 서세영에게 물었다.

"조강원 씨가 원래 강원주를 어떻게 만났다고 했지?"

"어, 그러게. 어디서 만났다고 했지?"

사귀는 사이였다고 했을 뿐 어디서 어떻게 만났는지 등 자세한 이야기까지는 듣지 못했다.

"흠."

노형진은 잠깐 고민하다가 사진으로 시선을 돌렸다.

사진 속에서 환하게 웃는 모습과 인터넷에 올라온 이력서.

그걸 본 노형진은 조강원이 어디서 그녀와 만난 건지 알 것 같았다.

"아무래도 연예인 지망생이었던 모양인데?"

"어? 오빠가 그걸 어떻게 알아?"

"커리어를 봐 봐."

스물네 살까지 딱히 커리어가 없다.

"고등학교 졸업 후에 딱히 활동도 없어. 그리고 집은 지방
인데 고등학교는 서울에서 졸업했단 말이지."

이유도 없이 서울에 와서 생활했을 리가 없다.

더군다나 이후 스물네 살까지 아무것도 하지 않았다?

"만일 학업이 목표였다면 그랬을 리가 없어."

학업이 목표라면 대학을 가거나 유학을 갔어야 한다. 그런
데 스물네 살까지 아무런 이력도 없다.

"얼굴도 예쁘고."

고졸에, 스물네 살까지 딱히 한 것도 없고 커리어도 없는
데 대기업에 합격했다.

물론 대기업의 고졸 인재 채용 정책 덕이겠지만, 저 외모
도 절대 무시할 수 없는 요소였을 것 같았다.

"연습생이라고?"

"연습생이었을지 지망생이었을지는 모르지. 하지만 연예
계에 있었던 것은 사실일 거야."

"그런데 그거랑 핸드폰 세 개가 무슨 관계야?"

"아, 그거랑은 상관없지. 하지만 다른 게 상관있지 싶은데?"

"다른 거?"

"보통 바람을 많이 피우는 사람이 이런 패턴을 흔히 보이지."

"바람을 많이 피워?"

이해가 안 가는 듯 고개를 갸웃하는 서세영.

하지만 고문학은 바로 알아들은 듯 피식하고 웃으며 말했다.

"뭐, 바람이라고 볼 수도 있고 투자라고 볼 수도 있죠."

"바람? 투자?"

"가능성이 있는 사람들을 대상으로 어장 관리하는 겁니다."

"설마⋯⋯?"

"생각보다 그런 경우가 많습니다."

고문학은 새론에 합류하기 전에 흥신소를 운영했었다. 그런데 흥신소에서 가장 많이 하는 게 뭔가?

바로 불륜과 바람 같은 걸 잡는 것이다.

"'전문적'으로 바람피우는 사람들은 생각보다 많습니다."

"전문적⋯⋯."

"네. 가능성이 있는 사람들을 어장 관리하다가, 성공하면 그 사람을 콱 무는 거죠."

"헐."

실제로 그런 경우는 시중에도 흔하게 넘친다.

헤어진 지 3개월 만에 여자 친구가 결혼식을 올렸다더라 하는 뭐 그런 이야기 말이다.

"3개월 만에 결혼식을 준비하는 게 쉽겠어?"

당연히 그 이전부터 교제와 준비가 이루어졌다고 보는 게 맞다.

"의외로 남자들 중에도 그런 짓거리 하는 놈들이 많아."

"헐, 미친."

"생각보다 많이 벌어지는 일이야."

노형진은 안타깝다는 듯 말했다.

"그리고 그런 사람들은 실수를 방지하기 위해 아예 핸드폰을 여러 대 둡니다. 그리고 노 변호사님이 말씀하신 것처럼 알뜰폰은 위치 추적이 힘들거든요. 500미터만 차이 나도 이 사람이 모텔에 있는지 마트에 있는지 알 수가 없고, 수 킬로미터 단위로 차이 나면 아예 답 없고요. 그래서 불법적으로 추적하는 일부 흥신소도 쉽게 찾아내지 못합니다. 그리고 핸드폰이 여러 개일 때, 기종을 다르게 해 버리면 실수를 거의 하지 않거든요. 의심도 피하기 쉽고요."

그래야 혹시나 엉뚱한 대답을 하거나 파일을 잘못 보내는 등의 실수를 저지르지 않기 때문이다.

"이런 타입들은 이기적이고 욕심이 많죠."

고문학은 떨떠름하게 말했다.

"실제로 나중에 가서 자기가 선택하지 않았던 다른 사람이 성공하면 다시 매달리는 경우도 적지 않고요."

"그러면 이 강원주 씨가 주범일까요?"

"주범은 아닐 거야. 정보만 넘기는 수준이었겠지."

주범이 되려면 차라리 본인이 핑계를 대고 찾아와 술에 취하게 한 후에 강간 고소하는 게 나았을 거다.

일단 과거의 연인이라 술에 취하면 방심하기도 쉬워지니까.

더군다나 그렇게 하면 합의금은 자기가 다 먹을 수 있다.

"하지만 얼굴이 팔릴까 봐 두려워서 못 했겠지."

"하긴, 그렇겠네. 아무래도 오빠 말대로 양다리, 아니 세 다리를 걸친다면."

얼굴이 알려지는 순간 다른 남친들이 나타날 테고, 그 순간부터 자신의 진실성을 의심받기 시작할 테니까.

"그러니까 정보를 좀 주고 수익을 나누는 형태가 되겠지."

노형진의 말에 서세영은 떨떠름한 얼굴이 되었다.

"그러면 이걸 어떻게 잡아? 강원주랑 김서라가 알고 지내던 사이일까?"

"그럴 가능성은 높지 않아."

"높지 않다고?"

"그래."

"어째서?"

"안중혜 변호사를 만났을 때 들었잖아. 김서라랑 같이 움직인 사람은 분명히 남자였어, 여자가 아니라."

"그랬지."

"너 같으면 여자 둘이서 나눠 먹을 수 있는데 굳이 남자를 끼워 넣겠어?"

"어? 그러네."

상대방은 스타다. 그렇기에 무력 등의 다른 방법으로 김서라를 위협하는 데에는 한계가 있다.

"그러네. 연예인들이 일단 터지면 질질 끌려다니는 이유가 그거였지?"

대중에게 공개된 사람이기에 다른 방법을 통해 상대방을 위협하고 합의를 유도하거나 도망가게 할 수가 없다.

"그래서 그간 연예인 관련 무고 사건을 보면 대부분 단독 범죄인 경우가 많아."

유명하다는 건 의외로 이럴 때 손해다. 대응 방법이 극단적으로 한정되기 때문이다.

"그런데 남자가 끼어 있었지. 그게 무슨 의미겠어?"

"중간에 남자가 끼어들어서 연결해 줬다, 이거네."

"맞아."

"그러면 그 변호사에게 같이 간 이유도 이해가 되네."

보통 성범죄의 피해자들은 어지간히 친한 사이가 아니고서야 남성과 함께 변호사를 찾아가지 않는다. 그런데 함께 찾아갔다?

"가능성이 있는 건 결혼을 준비하던 남친 정도겠지. 하지만 정말로 결혼을 준비하던 남친이었다면 아마 안중혜도 알았겠지."

하지만 안중혜는 전혀 그렇게 생각하지 않는 눈치였다.

"그런데 만약 남자가 두 여자를 서로에게 소개해 준 놈이라면 어떻겠어?"

"눈앞에서 자신을 빼고 일을 진행해서 둘이서만 돈 나누는 걸 경계하겠구나."

"그렇지."

중간에서 두 여자를 소개만 해 준 후 일정 금액을 받고 떨어진 거라면 그럴 일이 없겠지만, 그게 아니라 수익을 n분의 1로 나누기로 한 상황이라면 당연히 사건에 적극 개입해서 합의금이 얼마나 나오는지 알아내고 싶을 거다.

두 여자 모두 사기꾼인 걸 뻔하게 아니, 그들이 자신에게 합의금이 얼만지 제대로 이야기할 가능성이 낮다는 것도 명확하게 알고 있을 테니.

"그러면 그 변호사 사무실에 함께 찾아가는 게 당연하겠네."

"맞아."

그래야 상대방이 뭔 짓을 하든 바로 대처하거나 조져 둘 수가 있으니까.

"아마 그 남자가 김서라와 강원주를 서로에게 소개해 준 놈일 거야."

"끄응, 그러면 강원주를 어디서 만난 건지가 또 문제네?"

강원주는 분명히 이 사건에 대해 아는 게 있다. 하지만 그것과 별개로, 그 남자와의 관련성을 찾는 게 힘들다.

"조폭이나 그런 걸까? 연예인 지망생들은 술집으로 흘러가는 경우가 많잖아."

"아닐걸."

"아니라고?"

"강원주가 술집에 다니는 게 아니잖아."

비록 이 남자 저 남자 만나고 다니며 바람을 피웠다지만 강원주가 술집 여자인 건 아니다. 어찌 되었건 대기업에 다니는 평범한 아가씨에 불과하다.

"과거에 술집에 다닌 거 아닐까?"

"그것도 무리야."

강원주가 술집에서 일했다면 엄청나게 인기가 많았을 것이다.

그런데 한 달에 수천만 원씩 벌던 사람이 갑자기 고작 몇백만 원을 버는 기업에 정착할 수 있을까?

"무리지. 더군다나 강원주는 아직 한창때니까."

물론 친구 중 누군가 술집에 다니고, 그 친구를 통해 술집에 있는 깡패를 소개받았을 수도 있다.

"하지만 그렇게 되면 아는 사람들이 너무 많아져."

"아아~."

당연히 수익 분배도 힘들어지고 말이다.

"더군다나 술집 깡패라면 누굴 소개시켜 주겠어? 당연히 술집 여자겠지."

하지만 김서라는 화려한 삶을 살아가고는 있을 뿐, 술집 여자는 아니다.

"그러면 어디서 구한 거지? 그러고 보니까 그 부분이 이상하네."

서세영은 말을 하다가 고개를 갸웃했다.

김서라의 SNS를 보면 상당히 화려한 삶을 살아가고 있다.

실제로 그녀는 금전적으로 부족함도 전혀 없어 보이고 해외여행도 자주 간 흔적이 넘친다.

"그래, 그렇잖아도 그 부분이 이상하더라고."

어떻게 20대 중반의 백수 여성이 그렇게 화려한 삶을 살아갈 수 있을까?

"집안이 부자라서? 그건 아니야. 경찰도 확인한 부분이고."

김서라의 부모들은 기자들 앞에서 울고불고 난리치면서 조강원을 때려죽여 달라고까지 했다.

물론 그들이야 자신들의 딸을 조강원이 강간했다고 믿고 있으니 어찌 보면 너무 당연한 반응이다.

"그러면?"

"그렇잖아도 그것 때문에 의심하다가 한 가지 가능성을 떠올렸어."

"어떤 거?"

"스폰."

"스폰?"

"그래. 김서라는 20대 중반의 예쁜 여성이야. 사실 예쁜 걸로 보면 강원주랑도 비슷하지."

연예인을 지망하던 사람과 비슷할 정도로 예쁜 여자이니 스폰을 구하기도 수월할 것이다.

　"일반인 스폰이 그렇게나 많아?"

　당연하게도 서세영은 그런 사실을 잘 몰랐다.

　"생각보다 많습니다. 인터넷에서 조금만 찾아보면 일반인 스폰을 찾는 여성이 엄청나게 많습니다."

　"진짜요?"

　"네. 뭐, 상황에 따라 다르지만."

　사람들은 스폰 하면 연예인이나 모델 같은 사람들을 생각한다. 하지만 진짜로 인터넷에는 일반인 스폰이 넘쳐 난다.

　"그냥 평범한 대학생들도 보통 250만에서 300만 원을 요구하지."

　"아니, 미친 거 아냐?"

　서세영은 어이가 없어서 혀를 내둘렀다.

　그 정도면 어지간한 곳에서 일하는 직원들의 한 달 월급이다.

　그런데 그걸 가만히 앉아서 받아 펑펑 쓰고 싶어 한다니.

　"참혹한 현실이지. 뭐, 그런 애들 미래야 뻔하지만."

　나중에 제대로 된 곳에서 일하며 돈을 벌지 못하고 자연스럽게 술집에 나가서 일하게 된다.

　"김서라 정도의 외모라면…… 한 500만 원 정도는 받을 수 있을 겁니다."

　고문학도 안타깝다는 듯 말했다.

"500만 원이라……."

"최소입니다. 상황에 따라서는 돈 1천만 원에 차와 집까지 주는 놈들도 있으니까요."

"미쳤네요, 진짜."

"500만 원이면 적당히 화려한 삶을 사는 데 전혀 문제없는 돈이지."

여기서 스폰이란 단순히 돈을 한 번 받는 걸 의미하는 게 아니다.

이 500만 원은 아예 따로 받는 돈이고, 때로는 여행을 보내 주거나 명품 백을 사 주기도 한다.

"어…… 잠깐? 그러고 보니."

"그래, 이제 알겠어?"

SNS에서 김서라는 늘 독사진이었다.

명품 백을 들고 있거나 수영장에 있거나 해외여행을 다니는 모습.

"폰을 들거나 셀카봉을 이용해서 찍은 게 아니야."

누군가가 찍어 준 거다.

물론 상황에 따라서는 삼각대를 쓰거나 타이머를 쓴 사진도 섞여 있을 수 있다.

하지만 역동적인 사진들은 그런 삼각대나 타이머로 잡을 수 없다.

"일부 사진들은 본인도 모르는 사이에 찍힌 느낌이 들기도 했거든."

다만 사진이 잘 나와서 SNS에 올린 느낌이랄까?

"누구랑 스폰으로 여행을 갔다 이거네."

"맞아."

돈을 그렇게 주고 여행도 보내 주고 명품 백까지 선물할 정도의 상황이라면 단순한 성관계 관련 스폰이 아니다.

분명 스폰의 조건에는 여행도 들어가 있을 거다.

"그리고 둘을 연결시켜 준 남자는 스폰을 주선해 주는 업자일 가능성이 크지."

"가능하겠네."

가능성을 봐서 한 명을 잡으려고 할 정도로 욕심이 많은 강원주라면 스폰을 받는 것도 이상하지 않았을 거다.

"더군다나 연예인 지망생의 경우는 실제로 스폰 할 때 몸값이 더 올라가기도 하고."

"허, 그런 건 몰랐어."

"스폰이라는 게 보통 변호사에게 의뢰로 들어올 일이 거의 없거든."

일단 스폰을 하는 쪽이나 받은 쪽이나 문제 삼지는 않는 게 일반적이고, 그걸 떠들지도 않으니까.

형사적으로도 스폰은 처벌 대상이나 갈취에 해당되지 않기에 문제 될 게 없다.

"스폰으로 소송한다고 해도 기껏해야 이혼소송 정도겠지."

"그렇겠네."

그러나 서세영은 이혼소송을 하지 않는다.

물론 새론에도 이혼 전문 변호사가 없는 건 아니다. 하지만 서세영은 전문 영역을 정할 때 이혼은 하지 않겠다고 딱 선을 그었다.

변호사들이 일을 할 때 분야와 무관하게 이것저것 다 할 수 있는 건 아니다.

전문적으로 처리할 수 있는 부분을 정해서 전문 변호사로 올려야 한다.

물론 그것만 처리해야 한다는 뜻은 아니다.

하지만 최소한 전문적인 영역에 대해서는 다른 변호사보다 낫다고 기대할 수 있기에 각자 전문 영역을 올린다.

다만 서세영은 초기에 이혼소송을 한번 견학했다가 그 더러움에 질려 버렸을 뿐이다.

소송 중에서도 가장 더러운 소송 중 하나가 바로 이혼소송이니까.

"스폰을 하는 것도 상당히 체계적이야."

대부분의 여성은 스폰이 뭔지도 잘 모르고, 설사 안다고 해도 그런 짓을 하고 싶어 하지 않는다.

"반대로 스폰을 받고 싶어 하는 여자는 그 정도 재력을 가진 사람을 만나는 게 쉽지 않지."

인터넷으로 스폰 글을 올려 봐야 그 정도 재력이 되는 사람들이 만나 주지도 않는다.

어차피 돈 줄 거, 예쁘고 어린 여자에게 주고 싶어 할 테니까.

도리어 인터넷에서 조리돌림당하고 박제당하니 기분만 나빠진다.

"여자 입장에서도 불안하니까 소개를 받으려고 하겠구나."

"맞아."

이 사람이 스폰을 한다고 해도 믿을 만한 사람인지 확신할 수가 없으니까.

장기 밀매범인지, 폭행범인지, 아니면 거렁뱅이인지 알 수가 없다.

"그래서 그걸 중개해 주는 놈을 찾게 되지."

노형진의 말을 들으면서 서세영은 대충 이 사건이 어떻게 진행되었는지 알 것 같았다.

"대충 알겠어. 그러면 그 남자를 어떻게 찾아?"

문제는 그거다.

김서라도 강원주도, 그 남자에 대해 말해 주지는 않을 거다.

안중혜 변호사 역시 자기들의 의뢰인에 관한 이야기인 만큼 입도 뻥긋하지 않을 거다.

"이 사진을 찍은 곳에 찾아가서 물어봐야지."

"이 사진? 아하!"

누가 봐도 한라산을 배경으로 찍은 수영장. 그 안에 있는 김서라.

"물의 튕김이나 각도를 봐서는 삼각대나 타이머를 이용해서 찍은 사진이 아니야. 수영장 안에서 삼각대를 세울 수는 없잖아."

누군가 찍어 줬다. 그리고 그 사진을 SNS에 올렸다.

"그러면 그곳에 같이 간 인간이 누굴까?"

노형진은 씩 웃으며 말했다.

"제주도는 가 본 지 오래된 것 같은데, 이번 기회에 한번 가 봐야겠네, 후후후."

돈지랄하네, 진짜

　사진에 아무것도 없다고 해도 그 안에서 정보를 캐내는 건 사실 어려운 일이 아니다.

　사람 눈에 비친 그림자를 이용해서 장소를 특정하는 시대에, 한라산의 모습과 날씨가 고스란히 보이는 야외 수영장이니만큼 그곳이 어디인지 알아내는 건 어렵지 않았다.

　그 각도에 맞는 야외 수영장을 가진 호텔의 숫자는 많아 봐야 두 개 정도일 테니까.

　"저희 호텔에 방문한 분을 찾으신다고요?"

　"그렇습니다."

　호텔의 매니저는 곤혹스러운 표정으로 노형진과 뒤에 가득한 카메라들을 바라보았다.

"아니, 그건 개인 정보라서…… 말씀드릴 수가 없습니다."

"그래요?"

"네, 그걸 저희가 알려 드리면……."

상식적으로 투숙객의 정보를 줄줄 흘리고 다니는 호텔이 망하지 않는다면 오히려 그게 이상한 거다.

더군다나 그걸 방송으로 때려 버린다면 더더욱 문제가 될 거다.

옛날에야 개인 정보 보호에 관한 법률이 없었으니 학교에 가서 연예인의 성적을 공개한다거나 하는 게 가능했지만, 지금은 이름도 쉽게 공개할 수 없는 시대다.

"하지만 저희는 그게 꼭 필요합니다."

"어째서 말입니까?"

"그분이 제 의뢰인이 무죄라는 가장 강력한 증거를 쥐고 있으니까요."

"죄송한데, 그렇다고 해도 말씀은 못 드립니다. 그게 필요하다면 영장을 받아 오세요."

"이런 경우는 영장이 나오지 않는다는 걸 아실 텐데요?"

유죄 추정의 원칙의 다른 비밀. 그건 바로 영장에 있다.

법원에 영장을 청구하여 받아 오면 자료를 내주는 건 상식이다.

그런데 경찰과 검찰이 과연 무죄의 증거에 대해 단 한 번이라도 영장을 청구한 적이 있을까?

최소한 자의에 의해 한 적은 단 한 번도 없다.

"한국은 유죄 추정의 원칙이 적용되는 나라입니다. 그렇기에 무죄의 증거에 대해서는 법원에서도 영장을 발부하지 않습니다."

엄밀하게 말하면 경찰과 검찰이 청구하지 않은 쪽이겠지만, 그걸 수십 년간 법원도 알고 있었다.

법원이 무죄 추정의 원칙에 대해 모를 수가 없으니 당연히 무죄를 증명할 수 있는 자료에 대해서는 영장을 청구해도 거의 나오지 않는다.

그래서 변호사는 무죄의 증거가 필요하면 법원을 통해 사실 조회 신청을 하는 걸로 대체하곤 한다.

문제는, 영장과 다르게 사실 조회 신청은 그걸 거부해도 강제할 방법이 없다는 거다.

물론 그런 경우는 문서 제출 명령이라는 다른 방법이 있지만 그마저도 거부하면 답이 없다.

거부한 상대방에게 약간의 벌금이 붙을 수는 있겠지만 고객의 개인 정보가 더 소중한 호텔 입장에서는 안 주고 말 테니까.

"그렇다면…… 권력자라 이거군요."

그런데 노형진의 말은 전혀 예상하지 못한 방향으로 향했다.

"돈이 많은 분이신가 보네요? 하긴, 이런 비싼 호텔을 빌릴 수 있는 분이니 당연히 그러시겠지요."

"자…… 잠깐만요!"

"네, 그 배후에 계신 분이 무엇 때문에 조강원 씨를 노렸는지는 모르지만, 조강원 씨의 인생이 그렇게 만만해 보였습니까? 참 무섭네요. 남의 인생을 재미 삼아 부수어 버릴 정도로 여유가 넘치는 분이라니."

노형진의 말에 정곡이 찔린 듯, 매니저는 허둥지둥 말했다.

"오해가 있으신가 본데…… 아니, 저희는 못 드린다니까요."

"뭐, 그렇게 믿겠습니다. 그게 틀린 말은 아니지만요."

노형진은 그렇게 말한 다음에 고개를 돌려서 카메라를 바라보았다. 그러고는 손으로 허공을 그어서 카메라를 끄라는 신호를 보냈다.

그렇게 카메라가 다 꺼지고 마이크도 주변에서 멀어지자 노형진은 다시 고개를 호텔의 매니저에게 돌렸다. 그리고 그의 귀에 얼굴을 가까이 대고는 목소리를 낮춰서 말했다.

"그분한테 전하세요. 남의 인생을 그렇게 만만하게 보시는 걸 보면 자기 인생에도 그다지 애착이 없으신 것 같으니 원하시는 대로 해 드리겠다고."

"자…… 잠깐만요. 오해가……."

"오해는 무슨, 제가 오해할 일은 없죠."

노형진은 어깨를 으쓱하면서 몸을 멀리 했다.

"그리고 그분에게 법원에서 보자고 말씀드려 주시겠습니까? 아, 그 전에 제가 법원을 통해 사실 조회 신청과 서류 제출 명령으로 숙박인 명부 제출을 요구할 테니까 그건 무시하지 마세요. 그래도 대한민국 법원의 명령일 텐데 권력자를 위해 대한민국 법원을 무시해서야 되겠습니까?"

노형진은 싱글벙글 웃으면서 그곳에서 나왔다.

조금 떨어진 뒤쪽에서 바라보던 서세영이 눈을 찡그리며 다가왔다.

"오빠, 안 줄 거 알잖아? 그런데 왜 온 거야?"

"안 주지. 하지만 연락은 해 줄걸."

"응? 어째서?"

"우리는 그 사람이 누군지 모르거든."

"그렇지. 그래서 온 거잖아?"

"그러니까 그 시기에 이 호텔에 온 사람들에게 무차별적으로 소환장을 보내야 해. 여기서 문제. 그중에서 불륜 커플이 얼마나 될까?"

"아아~."

당연히 아예 없지는 않을 거다.

그들은 호텔에 항의할 테고, 호텔은 난감할 수밖에 없다.

불륜 커플은 출두 명령이 떨어지는 순간 이혼 전쟁 시작이니까.

설사 가족이나 연인끼리의 여행이라 해도, 경찰의 호출에 따라야 하는데 그걸 불편하게 생각하지 않겠는가?

그게 소문나면 호텔은 망한다.

"당연히 막아야겠지. 그러면 어떻게 하겠어?"

법원에서 명령서가 올 때까지 기다릴까?

그럴 리가 없다.

"거기다 내가 살짝 겁도 줬단 말이지."

그리고 그 약간의 협박을, 호텔은 절대로 무시할 수 없다.

고객을 위해 전달해 줘야 한다.

"우리는 기다리면 되는 거야, 후후후."

아니나 다를까, 얼마 지나지 않아서 노형진에게 전화가 왔다.

─노형진 변호사님?

"누구십니까?"

─그 호텔에서 숙박했던 사람입니다.

누군지는 말하지 않았지만 노형진은 그가 바로 김서라와 함께 숙박한 남자라는 걸 알 수 있었다.

─그, 약간의 오해가 있는 것 같아서 말입니다.

"무슨 오해요?"

─그게, 저는 조강원 씨와 아는 사이가 아닙니다. 그냥……

"아는 사이가 아닌데 김서라를 사주해서 그렇게 죽이려고 달려듭니까?"

─아닙니다. 진짜로 아니에요.

"아니면? 지금 김서라 씨를 몰랐다고 말하시려는 겁니까?"

－그게 아니라…… 후우~ 변호사님. 죄송한데. 이게 통화로 이야기하기 애매한 거라, 조용한 데서 뵙고 말씀드릴 수 없을까요?

"그러시죠. 내일 오후 2시까지 새론으로 오세요. 오지 않으시면 바로 법원을 통해 명령서를 발송하겠습니다."

－아니, 갑자기 그렇게…….

"2시입니다. 아, 혹시 아는 변호사님 있으시면 같이 오시죠. 결혼하신 거라면 이혼 전문 변호사도 괜찮습니다."

－네? 노 변호사님? 노 변호사님!

노형진은 단호하게 선을 긋고 전화를 끊어 버렸다.

그 모습을 보고 있던 서세영이 눈을 찡그렸다.

"되게 급하게 오게 하네?"

"시간을 줘 봐야 어떻게든 변명하려고 통박이나 굴리겠지."

"하긴, 그렇기는 한데."

하지만 노형진이 그렇게 시간을 줄 리가 없다.

"거기다가 이혼 전문 변호사까지 이야기했으니 쫄리겠지."

그리고 상황이 이러면 자기가 살기 위해서라도 사실대로 말하는 수밖에 없다.

"기다려 보자고. 뭐라고 변명하는지 말이야."

다음 날, 한 50대의 남성이 땀을 뻘뻘 흘리면서 사무실을 찾아왔다. 그리고 함께 온 40대 변호사 역시 곤혹스러운 얼굴이었다.

"노 변호사님, 오해가 있으신 것 같은데요."

"일단 성함부터 말씀해 주시죠?"

"아…… 김……솔한이라고 합니다."

"김솔한 씨? 네. 그러니까 왜 이런 짓을 한 겁니까? 얼마나 돈이 많으신지는 모르겠지만……."

"아니, 오해라니까요 전 조강원 씨를 알지도 못해요."

"유명 배우신데요?"

"제가 드라마를 보는 타입이 아니라……."

김솔한이 땀을 뻘뻘 흘리자, 보다 못한 변호사가 대신 나서서 노형진에게 말을 건넸다.

"저희가 사실을 말씀드릴 수는 있습니다만, 비밀로 해 주셔야 합니다."

"그건 상황에 따라 다르겠지요."

"약속해 주셔야 말씀드립니다."

"뭔가 오해하시나 본데."

노형진은 코웃음을 쳤다.

"협상권은 우리한테 있습니다. 거절하시면 저희는 법원을 통해 명령서를 받으면 그만입니다. 그리고 말입니다, 어떤 일을 하시는지는 모르겠지만 방송을 통해 사업체가 나가면 사업도 잘될 겁니다. 홍보도 되고요. 그죠? 아, 그러고 보니 어제 이혼 전문 변호사님도 좋겠다고 말씀드렸는데, 혹시 이혼 전문이십니까?"

노형진의 말에 상대방 변호사는 떨떠름한 얼굴이 되었다.

슬쩍 압박을 가해 볼까 했는데 이빨도 안 먹혔으니까.

"거절하신 걸로 알고, 그러면 바로 법원을 통해서……."

"아닙니다. 앉으시죠……. 후우~ 좋습니다. 다만…… 그…… 가능하면 비밀로 해 주시면 감사하겠습니다."

"기…… 김 변!"

"사장님, 지금 불리한 건 우리입니다. 방송에 나가면 사업은 망합니다. 거기다 이혼도 당하실 건데, 귀책사유가 있으니 엄청 토해야 할 겁니다. 최악의 경우 회사를 빼앗기실 수도 있습니다."

"그…… 그래. 알았어."

그 말에 김솔한은 다시 한번 땀을 뻘뻘 흘리면서 물러났다.

"그래서, 김서라 씨와 무슨 관계죠?"

"김서라 씨의 스폰입니다."

"스폰? 돈이 많으시군요."

"뭐, 알아내시려고 하면 알아내실 테니 사실대로 말씀드리죠. 저기 송만 목재의 사장님이십니다."

"송만 목재라……."

노형진은 핸드폰을 들어서 이름을 검색했다. 그러고는 혀를 내둘렀다.

"아이고, 잘사시는 분이네."

송만 목재는 나름 큰 회사고 한국에서는 작지 않은 규모를 자랑하는 곳이었다. 역사는 50년 정도.

아마도 이 김솔한은 그곳을 물려받은 사람인 듯했다.

"그래서, 대형 목재사 사장님이 뭔 짓을 하신 겁니까?"

"말씀드린 것처럼 저희는 그저 스폰일 뿐입니다."

"그걸 저희보고 믿으라고요?"

"원하시면 계좌 이체 내역과 같이 여행을 다닌 기록도 제출해 드리죠."

'뭐, 예상대로네.'

예상대로 스폰을 주고 있었다.

그리고 김솔한의 스타일을 보면 이번이 첫 번째 스폰도 아니었을 것이다.

아마도 주기적으로 여자를 바꿔 가면서 스폰을 해 줬으리라.

"그래서, 조건이 얼마나 됩니까?"

"월 600만 원에 오피스텔을 제공하는 조건입니다."

"그 오피스텔이 설마?"

"네, 이번 사건이 벌어진 그 오피스텔입니다."

'어쩐지 그런 여자가 사는 집치고는 너무 비싸다 싶었어.'

백수가 사는 곳치고는 너무 비싸고 화려한 오피스텔.

그랬으니 보안을 피할 수가 없었던 것이다.

"그런데 왜 그런 짓을 한 겁니까?"

"저희 의뢰인께서는 이번 사태에 대해 아는 게 없습니다."

"그걸 어떻게 믿죠?"

"조만간 스폰을 정리할 생각이셨거든요."

"아, 그래요?"

어쩐지, 스폰도 받고 있는데 왜 갑자기 위험한 짓을 했나 싶었다. 하지만 스폰이 정리될 예정이었다고 하니 이해가 되었다.

'슬슬 애매한 나이이기는 하네.'

스폰을 해 주는 남자들은 상대가 어릴수록 좋아한다.

김서라의 나이는 스물네 살.

스폰 업계에서는 슬슬 인기가 떨어질 나이다.

미모가 사라지는 건 아니지만 스폰을 해 주는 사람들이 슬슬 퇴물 취급할 나이라는 것.

'스물네 살이면 급이 떨어지기 시작하지.'

스물네 살에 스폰을 받는다는 건 아무것도 모르다가 갑자기 이쪽에 들어왔을 가능성과, 다른 사람에게 받던 스폰이 끊어지자 새로운 스폰을 찾은 것일 가능성이 있다.

'그리고 보통 후자인 경우니까.'

설사 처음이라 해도 나이가 아주 어린 정도라고 보기는 애매해서 스폰의 가격이 떨어지기 시작한다.

'돈이 줄어드는 건 부담스럽지.'

그렇다고 갑자기 조건이 나쁜 쪽으로 가자니 그것도 자존심 상할 테고.

'그러니까 그냥 한 방에 돈 벌고 결혼하자 뭐 그런 거였나 보네.'

불가능한 건 아니다.

26~27살 정도면 결혼 시장에서 충분히 인기가 있는 나이니까.

그러니 이참에 크게 한 방 터트리려고 한 걸지도.

"스폰을 정리할 생각이시라고요? 이유가 뭐죠?"

"별다른 이유는 없습니다."

하긴, 뭔 이유가 있겠는가. 그냥 지겨우니까 그런 거지.

"그러면 김서라 씨에게 최근에 연락한 게 언제입니까?"

"그 사건 이후로 단 한 번도 연락한 적이 없습니다."

개인적으로 연락할 이유도 없고, 이미 이슈가 된 시점에서 연락하는 것도 미친 짓이니까.

"원하시면 통화 내역이라도 제공하죠."

"그걸 제가 믿을 이유가 없죠. 안 그렇습니까?"

명청이도 아니고, 스폰을 하면서 대포폰 하나 안 쓰겠는가?

"그렇게 생각하시다면야."

"그러면 어떻게 만나신 겁니까? 솔직히 누군가가 조강원 씨에게 죄를 뒤집어씌우라고 김서라 씨에게 지시한 건 부정할 수 없는 사실입니다."

그 말에 김 변호사라는 사람은 눈을 찡그렸다. 그건 자신도 모르고 있던 부분이니까.

"그게 확실합니까? 지금 분위기는 다르던데요?"

"뭐, 연예인 성범죄가 터졌을 때 그가 범인이 아니라는 분위기가 조성된 적이 단 한 번이라도 있던가요?"

"하긴, 그건 그렇죠."

성범죄가 터지면 여론도, 사람들도, 기자도, 경찰도 남자쪽 연예인이 범인이 맞다고 떠들면서 수사를 시작하니까.

"하지만 저희가 얻은 정보에 따르면 누군가가 김서라 씨에게 일을 시킨 건 맞아요. 그래서 저희가 김솔한 씨를 의심한 겁니다."

"저희가 돈을 줬다는 걸 알고 계셨던 겁니까?"

"그것까지는 확신하지 못했습니다. 하지만 김서라 씨가 엄청나게 헤프게 돈을 쓰며 편하게 살고 있었다는 것 정도는 알았죠."

"그래서 저희를 찾아내신 거군요."

"맞습니다. 그 호텔이 20대 초중반의 여성이 혼자 가서 편하게 놀고 올 만큼 싼 곳은 아니니까요."

하루 숙박비가 50만 원이 넘는 호텔인데 SNS상으로는 무려 일주일이나 있었다.

그러면 최소 350만 원 이상 들었다는 뜻인데, 먹고 마시는 것까지 생각하면 일주일간 500만 원에서 600만 원을 썼을 것이다.

무직의 여성이 그 정도 돈을 쓰는 건 일반적으로는 말이 안 되니까.

"후우~."

"그런데 말씀하신 대로라면 누군가 소개시켜 준 거 아닙니까? 스폰을 계속 바꾸신 것 같은데. 설마 대학에 찾아가서 '너 내 여자 해라.'라는 식으로 지목하시지는 않을 테고."

그 말에 김 변호사는 잠깐 고민했다. 그러다가 뭔가 결심한 듯 입을 열었다.

"말씀드릴 수는 있습니다. 단, 조건이 있습니다."

"그, 김 변, 이거 괜찮은 거야?"

김 변호사의 말에 김솔한은 떨떠름한 얼굴이 되었다. 그러자 김 변호사가 그런 그를 진정시켰다.

"사장님, 어차피 일이 이렇게 된 거 우리가 입을 다물어 봐야 결국 이혼이나 당하실 겁니다. 그러면 재산을 절반 이상 털리실 텐데요. 그래도 괜찮으시겠습니까?"

그 말에 김솔한은 떨떠름한 얼굴로 스윽 시선을 돌렸다.

"그러면 일단 저희 조건은……."

그걸 허락으로 받아들인 김 변호사는 말을 하려고 했다.

그런데 노형진이 그런 그의 말을 끊어 버렸다.

"아까도 말씀드렸다시피 조건은 불가입니다."

"아니, 무리한 요구는 하지 않겠습니다. 원하신다면 인터뷰도 해 드리죠."

그 말에 노형진은 의외라는 표정을 지었다. 절대로 그건 허락하지 않을 거라 생각했으니까.

"단, 신분을 비밀로 하고, 인터뷰는 대역을 쓴다는 조건입니다."

"아아~."

확실히 그렇게 하면 김솔한의 신분이 숨겨질 것이다.

대역을 쓰고도 그림자 처리하고 목소리도 변조하면 김솔한으로는 전혀 보이지 않을 테니까.

"그 정도로 조심하시는 이유를 모르겠군요."

"아니요. 아실 텐데요?"

'아, 설마 그건가.'

스폰을 하는 사람이 과연 김솔한 한 명뿐일까?

아니다. 범인의 이름을 말해 주면 그와 관련해서 조사가 진행될 테고, 그 과정에서 스폰을 하던 놈들이 줄줄이 뛰어나올 거다.

그걸 제보한 게 김솔한이라는 사실이 알려지면 아무리 검찰과 경찰이 건드리지 않는다고 해도 결국은 망하게 될 거다.

돈 좀 있는 사람들이 물어뜯으려고 달려들 테니까.

"그러지요."

노형진은 고개를 끄덕거렸다.

스폰을 법적으로 처벌할 방법은 없으니까.

기껏해야 성매매 특별법 정도인데, 그래 봤자 벌금 몇 푼으로 끝이다.

"도장배라는 남자입니다."

"도장배?"

"네. 과거에 연예인 매니저를 하던 남자입니다."

그 말에 노형진은 눈을 크게 떴다.

드디어 범인의 꼬투리를 잡았다.

⚖️

"도장배. 과거에 세모엔터테인먼트 소속의 매니저였습니다."

"세모라……. 그리운 이름이라고 해야 하나? 이야, 일이 이렇게 굴러가네."

"세모가 어딘데?"

서세영은 전혀 모르겠다는 듯 고개를 갸웃했다.

하기야 당연한 일이다.

오래전 일이고, 그 당시 서세영은 변호사도 아니었으며, 세모 사건은 변호사 교육용 사건도 아니니까.

"엔터테인먼트조합 초창기 사건이야. 사장이라는 새끼가

미쳐서 성 상납을 하려다가 내 손에 목이 날아갔지."

"헐, 그런 일이 있었어?"

"그랬지. 엔터테인먼트조합이 처음부터 지금처럼 깨끗한 건 아니었으니까."

문제가 생길 때마다 노형진이 질이 좋지 않은 놈들의 목을 날리면서 지금과 같은 환경이 조성된 거다.

"그리고 세모는 그 극초창기 사건이었지."

"그러면 그 도장배라는 인간은?"

"그 당시에 모가지가 날아간 건 대표였거든. 매니저는 딱히 크게 다치지는 않았을 거야."

"하지만 이 바닥에서는 퇴출되었고?"

"당연하지."

이미 성 상납을 시도한 전례가 있는 회사의 매니저다.

그런데 몰랐다? 그게 과연 가능할까? 매니저의 역할이 멤버들을 태우고 다니는 건데?

"아아~ 이미지도 망가졌고 취업도 글러먹었고?"

"그래."

그런데 배운 게 도둑질이라고, 이 성 상납 같은 게 돈이 되는 걸 두 눈으로 봤으니 자기도 할 수 있을 거라 생각했을 거다.

"문제는 엔터테인먼트 쪽 접근은 물 건너갔다는 거거든."

그렇다면 여자를 어디서 구해야 할까?

"일반인을 대상으로 접근해서 꼬셨다는 소리네."

서세영은 긴 한숨을 내쉬었다.

"그랬겠지."

"개 같네, 진짜. 그러면 이제 그놈을 어떻게 잡지?"

"글쎄."

노형진은 잠깐 고민하다가 웃으며 말했다.

"이참에 스폰 한번 해 볼까? 후후후."

다음 권으로 이어집니다

이것이 법이다